I0656097

LES
GALANTERIES

DU MARÉCHAL DE

BASSOMPIERRE,

PAR

LOTTIN DE LAVAL.

IV

PARIS.

HORTET ET OZANNE, ÉDITEURS

DU VOYAGE AUTOUR DU MONDE, PAR M. J. ARAGO,

58, RUE JACOB, FAUB. ST.-GERMAIN.

—

1839.

LES GALANTERIES

DU MARÉCHAL DE

BASSOMPIERRE.

DU MÊME AUTEUR,

LES TRUANDS ET ENGUERRAND DE MARIGNY, histoire du temps de Philippe-le-Bel , 3 vol. in-12. . . . . . 9 fr.

MARIE DE MÉDICIS, histoire de la cour de Louis XIII, 2 vol. in-8. 15

ROBERT-LE-MAGNIFIQUE, duc de Normandie, 2 vol. in-8. 15

UN AN SUR LES CHEMINS, voyage dans la Sicile, l'Italie, l'Autriche, l'Illyrie, la Grèce, etc., 2 vol. in-8. 15

LE COMTE DE NÉTY, histoire du temps des Arabes et des Normands en Sicile , 2 vol. in-8. 15

Pour paraître prochainement :

ANDALOUSIA, LA PERLE DES ANDALOUSES. 2 vol. in-8.

HISTOIRE DES VÊPRES SICILIENNES, avec un essai sur l'histoire de la Sicile depuis les colonies de Mégare et de Corinthe jusques et y compris la domination de Charles d'Anjou. . . . . 4 vol. in-8.

Cet ouvrage sera orné de magnifiques vignettes de MM. ROQUEPLAN, JULES DAVID, MANSSON, TONY JOHANNOT, RAVERAT, PROVOST-DUMARCHAIS, EUGÈNE FOREST, etc. , etc.

Imprimerie de madame Poussin, rue Mignon, 2.

LES
GALANTERIES

DU MARÉCHAL DE

BASSOMPIERRE,

PAR

LOTTIN DE LAVAL.

PARIS.

HORTET ET OZANNE, ÉDITEURS

DU VOYAGE AUTOUR DU MONDE, PAR M. J. ARAGO,

58, RUE JACOB, FAUB. ST.-GERMAIN.

1859.

L VIII

Les Etuves de l'Arbre-Sec et l'aventure qui s'y passa.

> Et maintenant que mon âme est brisée ;
> maintenant que la fraîcheur de mon intelli-
> gence est desséchée, je dois aller me retrem-
> per aux sources de la lumière et de la poésie.
> — Donc, puisque tu l'as voulu, à tout jamais
> adieu !
>
> *Il Disperato.*

« Je laissai Ribesac avec Jean-Laurent l'étuviste et la dariolette, reprit Bassompierre en
continuant son récit, et j'entrai tout ému dans
la chambre où m'attendait Mignonne. Vous pouvez penser quelle joie ce fut pour tous deux.

IV.   1

« Après une séparation qui a dû être éternelle, l'extase qu'on éprouve en se retrouvant est divine.

« Une grande passion ne s'éteint pas dans l'éloignement; elle grandit au contraire.

« Et tous deux nous avions tant d'amour au fond de nos âmes !

— « Ah ! j'étais folle, me dit Mignonne en me couvrant de caresses. Ai-je bien pu écouter les conseils effrayans de cet homme dont l'esprit.....

— « Est complétement nul, ma chère.—C'est un maître sot, votre Margolin, un vrai baudet qu'il faudrait courber sous le bât — et le bâton.

— « Vous êtes injuste, Bassompierre ; je sais bien que c'est un pauvre homme ; mais, à sa place, qui ne serait exaspéré ?

— « Pourquoi veut-il entraver ma marche ? J'ai été trop bon pour lui. Et qui sait si ma générosité ne nous sera pas fatale ? — J'aurais dû l'expédier au Nouveau-Monde ou aux Indes, pour qu'il pût enchanter les bayadères.

— « Allons, ne parlez plus de ce pauvre niais, puisque cela vous met en colère ; soyons heureux, mon Bassompierre !

« Il me fallut me parjurer, tant cette jolie créature était séduisante, et..... nous fûmes parfaitement heureux !

« Dites-moi, mes amis, s'il y a quelque chose au monde qui soit comparable à l'amour ?

— « Est-ce la richesse ?

« Ou la gloire militaire ?

« Ou la considération personnelle ?

« Ou la gloire littéraire ?

« Ou la gloire d'un grand artiste ?

« Ou la vanité d'un nom historique ?

« Ou la vanité des honneurs ?

« Non ; tout cela est beau sans doute ; mais, moi qui ai joui d'une partie de ces priviléges superbes, j'affirme qu'ils ne valent pas les sourires et les voluptueuses caresses d'une femme qu'on adore et dont on est tendrement aimé.

« Mignonne, au reste, avait aussi cette pensée ; car, à l'heure de nos joies, elle me disait d'une voix pleine de douceur et de tendresse :

— « Oh! je suis à toi à toujours. Désormais, rien ne pourra nous désunir. Et je suis forcée de reconnaître la justesse de ta pensée, cher comte; oui, l'amour est la plus forte passion qui puisse entrer dans le cœur de la créature! — L'amour m'a fait mépriser les préjugés du monde, manquer à mes devoirs d'épouse. — J'ai trompé l'amitié. — Je me suis imposé des tortures. Et tout cela n'a pas suffi! Alors, dans mon affliction, j'ai eu recours à la prière, à notre religion si noble, si sainte et si consolante! Je suis allée me jeter aux pieds du prêtre, je lui ai confessé mes fautes; il m'a parlé du ciel, d'une éternité de bonheur au Paradis, — une éternité de bonheur dans une sphère étincelante, avec les anges, au milieu d'une atmosphère imprégnée de parfums, avec des jours tout rians, tout dorés par le soleil, et des nuits délicieuses, enchanteresses! et l'âme toujours sous le charme de l'amour pour le Créateur! Toutes ces choses m'ont d'abord séduite et enivrée ; mais, peu à peu un vide affreux s'est fait sentir. — J'ai pensé, j'ai essayé d'analyser, et tout s'est évanoui !.... Puis j'ai pleuré et j'ai souffert ! — puis encore j'ai jeté dans le passé un regard profond, — ce passé rapide que tu m'avais fait si beau ! — Et alors, les regrets amers sont venus étreindre ma pauvre âme ; je me suis vue seule, isolée, malheureuse ! Mon entourage m'a semblé insupportable. Après les natures d'élite, les natures vulgaires sont si odieuses ! Et les désirs sont revenus, l'amour ardent, l'amour extatique. — Et la parole profonde du prêtre s'est effacée avec mes angoisses. — Et je me suis dit : l'amour de l'âme aimée est tout sur cette terre ! Vouloir lui résister est une action mauvaise, et Dieu me pardonnera, si je me laisse incliner vers cette pente pleine de séductions fleuries ; car il n'a pas mis la tendresse au cœur de ses plus nobles créatures pour qu'elles la refoulent et l'étouffent sous des macérations affreuses qui font souffrir celle qui ressent les atteintes de la flamme et celle qui l'a inspirée!

« Et je suis revenue, mon cavalier, car je t'aime, car ma vie sera à toi toujours. — Je te la donne, prends-la; et, si tu cours vers un abîme, ne regarde pas en arrière, et n'aie aucune peur, — je t'y suivrai!

— « O admirable femme! m'écriai-je; que faire, que te dire, pour m'élever à ton niveau? Je suis un être infime, comparé à toi. Mon amour seul me donne quelque valeur, tant il est grand!

—« Eh bien! aimons-nous, me dit-elle en m'entourant de ses bras éclatans, veloutés, aux contours délicieux; aimons-nous, Bassompierre!

— « Oui, ma chérie; et Dieu sans doute prendra quelque jour en pitié nos afflictions. Oh! qui sait si ta liberté n'est pas prochaine?

— « Ma liberté! fit-elle avec amertume, — je n'y crois guère.

— « N'importe! En l'attendant, soyons heureux. Ce jour marquera noblement dans ma vie. — Votre frère.....

— « Mon frère ! s'écria-t-elle. Ah ! vous avez entendu la nouvelle sentence.....

— « Paix ! enfant ; il viendra malgré tout ; malgré le connétable.

— « Il se pourrait !

— « Oui ; mais songez au plus profond mystère..... sa vie serait en danger.

— « Oh ! mon ami, vous me rendrez la plus heureuse des femmes !

— « Bientôt vous le verrez.

— « Quand ? par pitié ! Est-il en route ?

— « Il est arrivé, chère Mignonne.

— « A Paris ? oh ! mon Dieu !

— « Il est chez moi à cette heure.

— « Oh ! merci, merci, Bassompierre. — Je t'aime, je t'aime ! ! !

« En ce moment on heurta violemment à la porte de notre chambre, et la voix rauque de maître Thirel se fit entendre.

— « Ouvre, coquin, criait-il à l'étuviste, ouvre ou je t'assomme ! Ma femme est ici avec

M. le comte de Bassompierre. Sache que je suis
de l'honorable corporation des merciers. Ah !
la ribaude !

— « Allons, manant, ajouta le Margolin,
ouvre cette porte à maître Thirel, ou je cours
te dénoncer au prévôt de Paris.

« En entendant ces voix, l'infortunée Mignonne poussa un cri d'angoisse, et roula évanouie sur le carreau.

« C'était, messieurs, une position désespé-
rante : j'étais désolé ! Pendant que je cherchais
une idée, un parti à prendre, Ribesac ouvrit
un petit guichet pratiqué au fond de l'étuve,
et me demanda à voix basse ce qu'il fallait
faire.

— « Jean-Laurent vous est tout dévoué,
monseigneur, comme vous le savez, et ce bon
homme attend vos ordres.

« Alors il ne s'agissait pas de temporiser ; je
le compris, et rapidement je pris un parti.

— « Donne-moi du vinaigre, Ribesac, dis-je

à mon laquais, et que Jean-Laurent jette ces hommes dans la rue; — il en a le droit.

— « Ouvrez ! se mit à beugler le Margolin, où nous irons requérir le chevalier du guet.

« C'était le déshonneur de Mignonne; et, ma foi ! j'agis en désespéré.

— « Ecoute-moi, Ribesac; pendant que l'étuviste éconduira ces cruels fâcheux, gagne du champ par l'allée qui donne sur la rue Baillét, cours à mon logis, et amène prestement ici l'inconnu. — Tu comprends bien; il faut que vous soyez tous deux dans cette chambre avant la venue du chevalier du guet — Brûle le pavé, dévore l'espace, et sois muet comme une statue.

— « Oui, monseigneur.

« Et il partit comme un trait.

« Jean-Laurent parla en maître à Thirel et au Margolin; aidé par ses garçons, il les repoussa dans la rue, et ferma la porte de ses étuves.

« Pendant cette scène de violence, je fis cesser l'évanouissement de Mignonne. Je la con-

solai ; je la couvris de caresses, et l'aidai à
réparer sa toilette que tant d'événemens avaient
fort compromise.

— « Oh ! par le ciel ! chère Mignonne, m'é-
criai-je, sèche tes larmes ; sois forte et courageuse : je te sauverai. Voyons ! écoute ma
voix.... Tu sais bien que je t'aime ; que ton
bonheur, que ton repos, c'est ma vie !

— « Mais, s'écria-t-elle, toute frémissante,
à cette heure, je suis déshonorée !

— « Non, te dis-je, non !... Mon Dieu ! que
ce Ribesac est long à revenir ! — Ecoute !...

— « J'entends la voix de maître Thirel, les
vociférations et les rires de la multitude.

— « N'importe ! il sera ridicule, et votre réputation ne sera pas entachée.... Ribesac est
allé chercher ton frère ; il va l'amener ici, ici
même, entends-tu ? Raimond est un proscrit ;
il y va de sa tête ou de sa liberté : songe bien
à tout cela, Mignonne.... Tu ne pouvais pas le
recevoir chez ton mari ni chez moi.... Je suis
son protecteur, sa sauvegarde ; c'est moi, comte

de Bassompierre, qui vous ai ménagé cette entrevue. Tout devait être mystérieux ; il n'y a rien là que de très naturel : j'aurai fait une bonne action aux yeux de la multitude, et la multitude applaudira et baffouera ton soupçonneux mari. Tu le vois bien, ma pauvre folle que tant j'aime, tu es sauvée !

— « Ah ! mon Dieu ! s'écria-t-elle en me sautant au cou, je te rends grâces ! Mon Dieu! tu lui as suggéré cette idée. Comment ne seriez-vous pas adoré de toutes les femmes, mon noble Bassompierre?

— « Songe, mon amie, à paraître telle que tu dois être devant ton frère.

— « Oh ! ne craignez rien ; il y va de sa vie et de mon honneur.

« Jean-Laurent accourut alors gratter à notre porte.

— « Ouvrez, monseigneur ; voici votre valet et un gentilhomme.

« Raimond parut,

— « Monsieur, lui dis-je, après avoir fermé
soigneusement la porte, voici votre sœur !

— « Mignonne! s'écria-t-il en s'élançant vers
elle.

— « C'est toi, enfin, mon pauvre Raimond !

« L'entrevue fut pleine de bonheur et d'enthousiasme ; ces deux jeunes cœurs s'aimaient
d'une amitié sainte, et l'exil de Raimond durait déjà depuis plusieurs années.

« Pendant qu'ils se tenaient étroitement embrassés, Jean-Laurent, croyant le danger passé,
rouvrit la porte, et maître Thirel, qui se tenait
aux aguets et courait de la rue Baillet à celle de
l'Arbre-Sec, bouscula le pauvre homme, et se
précipita de nouveau vers la chambre où nous
étions enfermés.

« Alors Mignonne, dans sa joie, disait à voix
haute :

— « Toute ma vie je vous aimerai, monsieur
de Bassompierre !

— « Entendez-vous la coquine ! dit le ferronnier qui était aux écoutes..... Ah ! traîtresse ! tu me le paieras cher !..... J'enrage ! ce maudit chevalier du guet n'arrive pas !

— « Ciel ! s'écria Mignonne, n'est-ce pas la voix de maître Thirel ? Avec quelle pensée vient-il ici ?

« Un éclair de crainte venait de sillonner son esprit et le mien à propos de Raimond. Je réfléchis alors, mais il était trop tard.

« Le chevalier du guet, suivi de ses archers et de l'odieux Margolin, parut aussitôt, et demanda, au nom du roi, après quelques paroles échangées avec Thirel, l'ouverture de la porte fermée par moi.

« Mignonne, effrayée, enlaça son frère dans ses bras, et m'adressa un regard d'angoisse qui me fit pâlir :

— « Nous sommes perdus ! s'écria la malheureuse jeune femme ; oh ! que cet instant de bonheur va me coûter cher ! — Mon Dieu ! mon Dieu ! que faire ?

— « Au nom du roi, ouvrez ! répéta pour la troisième fois le chevalier du guet d'une voix formidable.

— « Maître Thirel, leur dis-je alors, comprendra sans doute... Monsieur Raimond, êtes-vous connu du chevalier du guet ?.....

« Je n'avais pas achevé cette phrase, que la porte s'ouvrit avec un fracas horrible, et le chevalier se précipita dans l'étuve avec Thirel et les archers.

— « Mordieu ! cria le ferronnier..... Mais que vois-je ? ajouta-t-il d'un ton tout décontenancé ; quoi, Raimond était là !

— « Raimond ! vous dites ? repartit le chevalier du guet en examinant scrupuleusement l'artiste ; oui, c'est bien lui !..... Il ne s'agit pas d'un délit d'adultère, bonhomme, vous rêviez ; mais voici un criminel qu'on croyait bien loin..... Au nom du roi, je vous arrête, Raimond Mazurier !

— « Oh ! ayez pitié de lui ! s'écria Mignonne

en se jetant à ses pieds; c'est moi qui l'ai perdu; j'ai voulu le voir; il retournera en exil !

— « La nouvelle sentence de monseigneur le connétable est précise, répliqua le magistrat; je dois faire mon devoir, madame.

— « Je réponds de cet homme, dis-je au chevalier; je me porte sa caution moi, comte de Bassompierre.

— « Avant toutes choses, monsieur le comte, je dois le conduire au Châtelet. Après, vous verrez monseigneur le connétable. — Archers, saisissez cet homme.

« Il fallut arracher Mignonne, qui crispait ses bras autour du cou de ce malheureux artiste; elle eut une violente crise nerveuse, et, d'une voix vibrante, elle apostropha Thirel en lui disant :

— « Soyez à tout jamais maudit ! Voyez ce que vous avez fait !

— « N'importe, murmura l'égoïste en me regardant en dessous d'un air mal assuré et presque craintif, — je ne serai pas..... je ne serai pas comme monseigneur le connétable de Luynes !

« Au moins, l'honneur de Mignonne fut sauvé.

LIX

Conclusion de l'histoire de Mignonne.

Les grandes passions sont inguérissables.

Quiconque aime bien,
Hait bien,
Et se venge bien.
COMTE L. DE CHARNY. *Il Disperato.*

« J'étais furieux et désespéré. Tout cela, nous le devions à ce méchant imbécile de Margolin. Après qu'on eut entraîné Raimond, je le cherchai pour le rouer de coups, mais le brave avait filé comme une étoile. ✹

IV.   2

« Mignonne était à demi morte. Je sermonnai le ferronnier d'une manière fort dure; je lui dis qu'il méritait la corde et beaucoup d'autres choses, — surtout la couronne du connétable; et, en reconduisant chez elle la jeune femme, je l'assurai que j'obtiendrais, n'importe à quel prix, la liberté de Raimond.

« Désolé, je regagnai mon hôtel, et, durant huit longs jours, je n'entendis point parler de Mignonne. Le ferronnier, poussé par le misérable Margolin, la courbait sous sa petite et froide tyrannie.

— « J'ai mes idées, lui dit-il; tu ne sortiras plus de céans; tu n'iras plus chez ta mère, ni acheter des fleurs, ni courir aux églises; tu ne sortiras qu'avec moi.

« L'infortunée dut courber la tête et se résigner. Oh! quelles tortures n'endura-t-elle pas!

« Quant à moi, je mis tout en œuvre pour obtenir la liberté et la grâce de Raimond, mais M. de Luynes fut impitoyable; alors, comme les supplications et les prières devenaient inutiles,

il fallut bien essayer d'un autre moyen. Un soir,
qu'on transférait l'artiste du tribunal criminel
au grand Châtelet, je l'enlevai à l'aide d'une
vingtaine de gentilshommes masqués, et il put
heureusement regagner le comtat d'Avignon,
où il resta jusqu'à la mort de M. le connétable
de Luynes à qui Dieu fasse paix et miséri-
corde !

« J'eus encore quelques jours de bonheur
avec Mignonne, mais elle finit par être tant
surveillée par son mari et son espion, que la
pauvre femme, accablée, brisée, épouvantée,
préféra une mort lente à cette vie de craintes
et d'angoisses.

« Puis, les préjugés firent de nouveau entendre leur voix dans son âme, et elle me dit un
adieu éternel, — un adieu déchirant! — elle
qui ne devait jamais ni écrire, ni prononcer ce
mot enfanté par le plus cruel de tous les déses-
poirs !...

« Depuis cette passion fatale, j'ai toujours
eu le cœur plein d'amertume, quoique, pen-

dant bien des années, l'espérance de la revoir,
d'être encore aimé d'elle, ait soutenu mon courage. — En vain j'ai voulu bannir son image
de mon esprit et de mes sens, elle est là, toujours gracieuse, aimante, spirituelle et amoureuse. Durant bien des années, quand je ren-
contrais, le soir, au Cours ou à la place Royale,
une femme de sa tournure, je m'en allais
après elle, à l'aventure. — J'avais des tressail-
lemens indéfinissables... je souffrais!... je for-
mais des projets insensés... J'ai eu beau faire ;
je l'aime toujours. Et toute ma vie je la pleu-
rerai, cette pauvre Mignonne, si noble et si
malheureuse !

« Mais si le temps ne cicatrise pas complète-
ment les peines du cœur, il en adoucit quelque
peu la fièvre, et j'ai fini par souffrir moins de
ce souvenir dont la réalité fut si belle dans le
passé !

« Je ne sais ce que devint le Margolin après
une certaine aubade que lui donnèrent mes audacieux laquais, selon mes ordres ; sans doute

il sera trépassé dans quelque village dont il aura fait la joie en qualité de collaborateur.... de l'huissier de l'endroit, de chantre au lutrin, voire même de bedeau, le tout orné d'une belle aumusse violette.

« Quant à maître Thirel, Cramail vous l'a dit, messieurs, on vient de le pendre, et sa femme, par désespoir sans doute, à cause de la fatalité qui la poursuivait, s'est mise en religion il y a quelques années.

« Que j'ai donc souffert aussi de cet amour ! Ma foi, je crois que j'aurais été capable de faire une grosse maladie et de me laisser mourir peut-être, si la belle marquise de Saint-Clair, de respectable mémoire, ne fût venue à mon secours. »

— Oh ! s'écria le chevalier de Jars, une nouvelle galanterie !

— Comment ! répliqua l'abbé, comment, cette pieuse marquise a été galante ?

— Je l'ai beaucoup connue, ajouta M. de Leuville.

— J'espère, monsieur le maréchal, dit Cramail, que vous nous raconterez les qualités brillantes de celle qui eut assez de puissance pour vous guérir.

— Mon Dieu ! mes insatiables, répliqua le maréchal, je ne pourrai plus dire un mot dans l'avenir ; vous ne me laisserez pas un secret au fond du cœur. — Cette exigence est vraiment indigne !

— Allons, allons, maréchal, dit l'étourdi et aimable chevalier, médisons encore un peu ; vous le faites avec tant de poésie, d'esprit, et si bien !

— Flatteur !

— Oh ! non, n'est-ce pas, messieurs ? Allons, l'histoire de la galanterie de la marquise de Sainte-Croix, mon bon maréchal. Hé ! maugrebleu, j'y songe, c'était ma cousine ! mon grand-père était un Silvio Sainte-Croix, neveu de l'archevêque d'Arles : or, en ma qualité de cousin, je vous somme de blasonner à grand blason la défunte marquise.

Mais comme il était fort tard, le galant narrateur fit la sourde oreille, les renvoya en
ricanant et les remit au lendemain.

— Gare la parenté ! dit l'abbé de Foix à
M. de Jars en s'en allant.

— Ne soyez pas si fier, mon envieux, repartit l'aimable jeune homme ; si j'ai agi ainsi,
c'est pour savoir les galanteries de vos fameuses nièces.

— Impossible d'avoir le dernier mot avec lui,
murmura le bonhomme.

— A demain donc, Leuville, Luigi, Cramail,
et vive la liberté !

Mais la Bastille n'avait pas d'écho pour ce cri
sublime. — Et rien ne répondit.

LX

Une Galanterie de Bassompierre à la Bastille.

> Les mensonges spirituels sont souvent bien
> plus amusans que la vérité.
>
> *Un menteur de mes amis.*

Le lendemain, le maréchal de Bassompierre
fit dire à ses compagnons de captivité qu'il
était au désespoir de ne les pas recevoir dans
la soirée, selon sa coutume; mais que cela lui

était complétement impossible. Il alléguait une infinité de raisons trop mauvaises pour qu'on ne fît pas des suppositions étonnantes.

Et durant le dîner on ne manqua pas d'en faire.

— Voilà l'histoire de votre belle cousine au diable, mon jeune ennemi, dit l'abbé de Foix à Jars d'un ton très railleur.

— Plût à Dieu que vous fussiez vous-même avec cette histoire, riposta le chevalier durement.

— Le maréchal est pourtant en santé parfaite, ajouta le sire de Roiville.

— J'ai remarqué, messieurs, dit le marquis de Leuville, que sa fraîche et douloureuse histoire de Mignonne l'a singulièrement attristé. Les souvenirs bouleversent tout le système physique de ces organisations si pleines d'amour.

— On se console de tout, allez, répliqua l'aimable baron de Maréville.

— Même de tuer sa femme et les amans de

sa femme, riposta le jeune chevalier avec un dédain superbe.

— Monsieur ! savez-vous….

— Oh ! je vous connais, baron, et je vous déteste sincèrement. Tenez, puisque M. de Bassompierre va nous manquer ce soir, avec ses amusans récits, après dîner, si vous voulez, nous nous battrons en duel à outrance… pour passer le temps.

— Allons donc, messieurs, dit le grave sire de Roiville. — Et, d'ailleurs, vous n'avez pas d'épées.

— Soyez tranquille, monsieur, dit le singulier baron avec beaucoup de calme ; il n'est pas l'amant de ma femme.

Cette petite querelle n'eut aucune suite, et la conversation roula de nouveau sur Bassompierre.

— C'est étonnant ! Qu'a-t-il donc ce diable de maréchal ? disait l'abbé.

— Il veut sans doute travailler à ses Mémoires.

— Ou écrire un placet au roi.

— Ou une théorie sur l'art de faire la guerre.

— Qu'il ne sait pas du tout, ajouta chari-tablement le hargneux abbé de Foix.

— Langue de dévote !

— Vous aurez beau dire, monsieur de Foix, répliqua le jeune historien du corvéable à merci, M. de Bassompierre a noblement con-quis son bâton de maréchal. (1)

— Je gage, dit tout à coup le chevalier en riant aux éclats, qu'il écrit une belle supplique à notre doux ami le grand cardinal de Riche-lieu !

---

(1) Pour être nommé maréchal de France, il fallait avoir as-sisté à trois siéges de villes, bien fait à trois batailles, défendu trois places, et commandé trois fois des corps d'armée.

    AGRIPPA D'AUBIGNÉ. *Le baron de Fœneste.*

Sous Louis XIII, ce n'était pas une si haute dignité militaire qu'elle l'est aujourd'hui. Dans l'origine, ce n'était point une charge à vie ; ils n'étaient que les premiers écuyers du roi sous le connétable dont ils relevaient. Sous Philippe de Valois, les maréchaux de France n'avaient que 500 livres tournois d'appoin-temens pendant la guerre, et rien durant la paix. Mais les temps sont bien changés.

— Décidément cet écervelé devient fou, repartit l'abbé en grommelant.

Et tous étaient bien loin de la vérité, pas un ne l'eût devinée sur mille. — M. de Bassompierre, l'ancien favori des belles, était amoureux fou de madame de Gravelle, comme lui prisonnière.

Et madame de Gravelle était dans la sombre Bastille, la lumière de son cœur, une flamme, une étoile ! — un peu vieille, mais belle encore, — surtout à l'ombre.

C'était une très galante créature, de petite noblesse et pauvre, mais comme elle avait de l'esprit, qu'elle chantait bien, elle fit la sirène, et trafiqua sur le tout.

Le marquis de Rosny l'aima beaucoup, et n'en fut pas aimé ; il est vrai qu'en revanche, il la paya fort cher, à cause des compensations.

Après, elle donna du bonheur au maréchal d'Ornano, fils du fameux Alphonse Corse. C'était un franc original. Il avait les plus drôles de scrupules. Il n'osait toucher à aucune

femme qui eût nom Marie, tant sa dévotion
pour la Vierge était grande. Au plus fort de sa
passion, il fit peindre madame de Gravelle, par
le célèbre du Moustier, avec des rayons qui lui
sortaient des yeux; et au bas, sous ses pieds,
on lisait ce vers en forme de légende :

Et de ses yeux sortoient de grands rayons.

Enfin, elle ne se contenta pas des intrigues
de cœur; en vieillissant, elle fit comme beaucoup de femmes, elle se mêla d'intrigues politiques. C'était plus dangereux; et le cardinal-
duc la fit payer pour la duchesse de Chevreuse
qu'elle servait. Richelieu eut l'inhumanité de
lui faire appliquer la question; et, après ce raf-
finement cruel de vengeance, il l'envoya à la
Bastille où Bassompierre se chargea de la consoler... durant quelques jours.

Cette circonstance amoureuse contrariait singulièrement les prisonniers, habitués, depuis
long-temps, aux fines et joyeuses causeries du

maréchal. Le soir ils se réunirent chez M. de
Roiville, et commencèrent une conversation
moins amusante que bruyante, car l'âme de
leurs réunions s'était éclipsée.

— Pardieu ! dit tout à coup l'étourdi chevalier de Jars, ce que nous disons là n'est pas
fort drôle ; amusons-nous à qui mentira le
mieux.

— Quelle fatuité ! répliqua l'abbé ; a-t-il un
désir de briller, ce jeune godelureau ! Il sait bien
que sous ce rapport nos seigneuries s'inclinent
devant sa grandeur.

— Ma foi, dit M. de Leuville, son idée
n'est pas si mauvaise ; elle est originale du
moins.

— Eh bien ! essayons-en, repartit le comte
de Cramail.

— Et tenez, ajouta le chevalier, cette idée
me fait souvenir d'une drôlerie de ce genre,
dans laquelle figure notre illustre maréchal :

« Un soir qu'il devisait au Louvre avec
MM. de Guise et d'Angoulême, M. de Guise, le

fils aîné du Balafré, grand menteur s'il en fut jamais, leur dit d'un air parfaitement convaincu : J'avais une levrette qui, courant après un lièvre, se jeta dans des ronces ; une ronce coupa le corps de la levrette par le milieu, et la partie de devant alla saisir le lièvre... »

— Oh ! oh ! s'écrièrent les prisonniers en riant.

« M. d'Angoulême répondit qu'il avait un chien courant qui arrêtait les hérons, puis, qu'on les terrassait, et que des masses il avait fait bâtir Gros-Bois. — Pour moi, répliqua le maréchal en s'inclinant, je me donne au diable si ces messieurs ne disent vrai. »

« J'ai ouï raconter, dit M. de Foix d'un petit air, qu'un certain cavalier d'Antioche étant venu à Damas, il vit par hasard la femme d'un kaïd ; elle était belle ; et voilà mon cavalier épris d'une passion ardente. Il fit tant qu'il arriva jusqu'à elle, s'en fit aimer et l'enleva... Le kaïd sut le chemin qu'avait pris le ravisseur : aussitôt il part ; furieux, il traverse la vallée fleurie de Damas, franchit les défilés et arrive au désert. Le cavalier d'Antioche longeait une chaîne de montagnes avec son fardeau précieux; il aperçoit le kaïd malgré la grande distance et se hâte de gagner un col pour échapper à la rage du poursuivant. Le kaïd devine son intention; et, après une fervente prière à Mahomet, il saisit un javelot sans songer que six milles le séparent de son rival; un ouragan s'élève, le cavalier va disparaître. — Tout à coup le javelot siffle, brise l'air, la tempête lui prête ses ailes, et il vient percer de part en part les deux fugitifs...

« Quand le kaïd arriva, la violence du coup avait été si grande qu'il trouva les deux amans cloués dans le rocher par son épieu. »

— Je veux vous embrasser, mon bon abbé, s'écria de Jars; je vous adore ce soir. — Quel luxe d'imagination!

— Oh! fit Cramail, cela ne vaut pas l'histoire d'un certain bostangi de Constantinople. Vous savez, messieurs, que j'ai été assez malheureux

pour faire partie de l'ambassade de M. de Brèves, envoyé à la Sublime-Porte; eh bien! voilà
ce que le bostangi me raconta au bazar de
Smyrne :

« Je fis, dit-il, un voyage aventureux avec
un Maure du Maroc; ce Maure était magicien, à
n'en pas douter. Après une tempête furieuse,
nous abordâmes en Sicile, au port de la Fille
bien aimée de la Montagne. (1) Le Maroquin
voulut visiter le Mont-Ghebel (l'Etna). Nous
partîmes; et, arrivés au cratère du volcan,
comme je lui parlais de mes tchoubouck magnifiques et de leur longueur excessive, il me
regarda d'un air prodigieusement sardonique,
et me dit : — Vos tchoubouck, j'en suis certain,
seigneur bostangi, ne sont rien en comparaison

---

(1) Quand la Sicile était sous la domination des princes arabes,
ils avaient surnommé Catane *la Fille bien aimée de la Montagne*:
c'était d'un luxe inouï, car la montagne a été souvent une mère
bien cruelle.

Voy. LE COMTE DE NÉTY, *Hist. du temps des Arabes et des
Normands.*

de celui que porte ma mule, vous verrez. Alors, faisant atteindre un énorme lulé par son esclave, il le remplit de tabac et de parfums, le pencha sur le cratère enflammé, puis, y ajoutant un tuyau de soie, il se mit à fumer, et nous repartîmes... A mesure que nous descendions du cône, le tuyau s'alongeait, s'alongeait; enfin nous arrivâmes à Catane, et mon Maroquin fumait encore son gigantesque tchoubouck. Notez, messieurs, qu'il y a trente milles du cratère à la cité. — Vous semblez singulièrement surpris, dit le Maure au bostangi; eh bien ! j'en ai un avec lequel nous irions en fumant jusqu'à Constantinople. Et, ajouta le comte de Cramail, j'ai connu ce brave Turc, mes chers amis. »

— Ma foi ! à vous la palme, dirent Jars et Leuville; vous méritez le sceptre, brave Cramail !

— *Coraggio ! brávo brávo, narratore !* ajouta Luigi Albertizzi.

— Mais c'est la vérité, messieurs, reprit Cra-

mail d'un air fort persuadé. J'ai connu ce bostangi.

— Est-il bon, ce Cramail !

— Sur mon honneur, messieurs.

— Ha ! ha ! ha ! ha ! !

En ce moment, on frappa à la porte de la
chambre, et un très beau jeune homme, conduit par M. du Tremblay, se présenta fièrement.

— Messieurs, je vous amène un nouveau
compagnon d'infortune, dit le gouverneur.

— Je serai fort heureux, messieurs, dit le
nouveau venu, si vous voulez bien m'ad-
mettre parmi vous, et me compter au nombre
de vos amis. — Je suis le prince de Marsillac.

— Un beau nom et un beau jeune homme,
dit le vieux Roiville en soupirant. Il a vingt
ans à peine, comme mes fils !... Qu'a-t-il pu
faire, pour que ce bourreau de Richelieu...

— Vous êtes malheureux, dit le marquis
de Leuville au jeune prince, c'est plus que suffisant pour être le bienvenu.

— Qui donc vous a valu, mon enfant, reprit l'abbé de Foix d'un ton mielleux, les amabilités de M. le cardinal-duc?

— Oh! une misère, répliqua le prince. Vous savez que cette espèce d'homme-écrevisse ose être amoureux de la reine. Cette belle et noble princesse, indignée de la conduite audacieuse de ce robin, qui pue comme peste, avait résolu, dans son désespoir, de s'enfuir à Bruxelles, et c'était moi qui devais la mener en croupe. Mesdames de Hautefort et de Chevreuse (autrefois la connétable de Luynes) étaient aussi de la partie; mais le coup manqua. Cependant madame de Chevreuse, exilée à Tours par le cardinal-duc, arriva chez moi un beau soir déguisée en cavalier, et réclama mes secours; je lui donnai quelques-uns de mes ordinaires pour la conduire, et voilà, messieurs, ce qui me vaut l'honneur d'être ce soir votre convive.

— Allons, dit le sire de Roiville, je vois que vous ne serez pas long-temps des nôtres. Votre cas est peu grave, monsieur de Marsillac. Mais, qu'y a-t-il de nouveau à la Cour?

— Un tout jeune et beau cavalier qu'on nomme Cinq-Mars; c'est le fils de M. de Ruzé-d'Effiat. Le roi commence à l'adorer; il couche avec lui, et je le crois destiné à une haute faveur. Quant à Barradas et à Nogent, on n'en parle plus.

— Ma foi, messieurs, dit le chevalier, puisqu'il n'y a ni nouvelles à la Cour, puisque les mensonges sont épuisés et que M. de Bassompierre nous manque, je suis d'avis que Luigi Albertizzi, qui parle français comme un Chinois, nous raconte une farce en langue macaronique. Il n'a encore dit, depuis que je le connais, que des phrases en *o* et en *a*, et je ne trouve pas cela prodigieusement spirituel. — Et M. de Bassompierre, qui sait l'italien, dit que vous avez de l'esprit en diable, mon beau Florentin.

— Je ne sais, signor cavaliere, qu'oune istoria, répliqua Luigi, ma, bellissima! elle être oune chronique merveillouse de la mia famiglia. Ma, il faudrait savoir la mia lingua. — Je sais trop poco la vostra.

— Le diable vous emporte, Luigi, repartit Jars d'un air mécontent.

— *Mille grazie, carissimo !*

— Si vraiment votre chronique de famille est amusante, répliqua l'excellent marquis de Leuville, j'essaierai de la traduire, et nous la raconterons demain.

— *O brávo, brávo, márchése !* dit le pauvre proscrit avec enthousiasme.

Ils s'entretinrent quelque temps encore de choses assez futiles; et, le lendemain au soir, s'étant de nouveau réunis, M. de Leuville lut à son auditoire attentif la touchante histoire florentine qui suit :

LXI

Les Factions florentines.

LANDO LE CARDEUR DE LAINE.

> O la bella città di Firenze !
>
> *Viaggiatori.*

« Vers la fin du mois de juillet 1378, à l'heure
où le soleil se perd sous l'horizon, deux hommes,
couchés sur des fleurs , à l'ombre d'un massif
de beaux pins d'Italie , panachés comme des

souveraines , se levèrent tout à coup , et l'un
d'eux s'écria en se frottant les yeux :

— « Hâtons-nous, Basilio ; je crains d'avoir
trop dormi , et déjà il me semble entendre les
cris de liberté poussés par la faction de nos
frères.

« Basilio , sans répondre , suivit son compagnon qui marchait à grands pas , et bientôt
ils arrivèrent à l'extrémité d'une éminence dominant un magnifique paysage.

« Un fleuve , large et calme , scindait deux
amphithéâtres de montagnes et de collines sur
lesquelles s'élevaient des villas splendides à
demi voilées, pour ajouter encore à l'aspect
poétique , sous de rians ombrages de hêtres ,
de frênes et de pins parasols. Au pied de ces
collines, le fleuve roulait ses eaux transparentes
dans une vaste et délicieuse prairie , semée
d'arbres ; et , placée entre deux chaînons de
l'Apennin , une grande cité s'élevait , partagée
par le fleuve , une cité merveilleuse , élançant
dans la nue des tours étranges , des espèces de

minarets, des lignes de palais grandioses, des coupoles colossales. — Le fleuve s'appelle l'Arno, et la belle ville Florence.

« Les deux hommes quittaient alors le territoire de Fiésole, marchant dans la direction de la cité républicaine, dont le bruit tumultueux arrivait par bouffées, par mouvemens convulsifs, jusqu'au revers de la colline. Ces deux hommes semblaient appartenir aux dernières classes du peuple. Basilio enveloppait sa misère dans une méchante cape râpée, trouée à vingt endroits. Un lambeau de serge bleue lui servait de chaperon : de méchantes sandales protégeaient ses pieds ; et tout cela n'était pas d'une nature bien somptueuse pour relever un extérieur rachitique, une mine malingre, ridée, une nature appauvrie par la débauche et la misère. — Avec tout cela, Basile Pugnatore était bègue et poltron comme une grenouille, malgré son audacieux nom qui veut dire *combattant*.

« La nature de son compagnon formait un étrange contraste. Ce n'était pas une nature vulgaire, quoique cet homme fût encore moins vêtu que Pugnatore; une chemise rapiécée et quelques brayes autour de ses reins et de ses cuisses formaient toute sa parure. Il allait tête, bras et pieds nus. (1) Mais son front haut, son regard fier, sa physionomie ouverte, son attitude noble annonçaient un homme d'une résolution puissante et d'un grand caractère. Il y avait quelque chose de saisissant dans tout son ensemble. Il était campé à la manière des statues antiques; — tout décelait en lui l'homme supérieur.

« Cet homme avait pour nom Michele de Lando; pour blason, sa vertu; pour fortune, le travail de ses mains. — Lando était un pauvre cardeur de laine du quartier *del Carmine,* quartier des gibelins par excellence.

— « Je—e—crois que—on se bat—à Florence, dit tout à coup Pugnatore-le-Bègue en s'arrêtant.

---

(1) MACHIAVELLI. *Storia di Firenze, Michele di Lando.*

« Sa physionomie portait alors l'empreinte d'une terreur extrême, d'une angoisse profonde.

— « Tant mieux ! répliqua Lando en s'animant ; Dieu sait que j'abhorre le sang versé, que je hais les révolutions ; mais le peuple florentin a trop souffert des exactions de ses maîtres. Il faut qu'il renverse *la seigneurie* et le parti des Castiglionchio, des Strozzi et des Albizzi. — Quant à ce dernier, je le hais, car il a trop vite oublié qu'il était citoyen de l'ordre populaire... Mais allons, peureux mal nommé, ajouta le cardeur de laine ; marche : tu ne mets à l'enjeu que ta misérable vie contre la fortune, la gloire et la liberté !

— « Tu — u — crois donc à — la liberté, Michele, répliqua Pugnatore en laissant échapper un sourire malicieux.

— « Si j'y crois ? repartit fièrement le cardeur de laine ; la liberté, c'est ma mère, et je te certifie que je ne suis ni bâtard — ni or-

phelin! Avant trois jours, Florence aura vu
de grands événemens.

— « Ah çà ! Mi—Michele, si nous devenons
quelque chose, — je veux dormir toute la
journée, et — je ne veux plus aller à pieds. Je
— veux être seigneur.

« Le cardeur de laine, malgré sa gravité naturelle, ne put réprimer un bruyant éclat de
rire à cette bouffonnerie de son compagnon,
auquel il dit plaisamment :

— « Tu m'as l'air, Pugnatore, de vouloir
voler les idées de ce petit pâtre qui, s'il eût été
roi, n'aurait plus voulu garder ses troupeaux
que vêtu de beaux habits de serge et monté sur
un grand cheval.

— « Te voilà bien gai, Michele, dit un vieillard d'un aspect sévère qui sortit tout à coup
d'un jardin tout frais, tout riant, encombré de
vignes et de fleurs ! As-tu donc obtenu l'élargis-
sement de ton neveu ?

— « Hélas non ! repartit Michele en redevenant sérieux ; hier encore, je suis allé solliciter

le vieux Guériant Marignuoli, un des juges de
la seigneurie, et sa réponse m'a fait trembler.

— « Que t'a-t-il dit ?

— « Ecoute, et juge : Ton neveu Ghérard a
tué un noble, il doit mourir à son tour. — J'ai
eu beau lui représenter que c'était au milieu
d'une sédition, qu'il avait reçu de ce noble une
grave injure, il a été inexorable : cependant
il a un fils assez libertin, et cela devrait le
rendre indulgent ; car qui sait si son fils ne le
jettera pas quelque jour dans la douleur ! Mais
j'ai eu beau lui dire cela, il a été inexorable.

— « Ils le sont tous quand il s'agit des
pauvres gens du peuple, dit le vieillard ; va,
Lando, nous aurons notre tour, et nous leur
ferons bien voir que nous sommes aussi des
Florentins !

— « Je n'ignore pas, repartit Michele, que
des difficultés presque insurmontables arrê-
taient le vieux seigneur Marignuoli ; mais quand
le juge a l'âme d'un homme, et qu'il s'inté-
resse à un malheureux, il trouve moyen d'a-

doucir la sentence. La justice n'a pas toujours un corselet d'acier sur le cœur !

— « La justice ! non, répliqua l'inflexible vieillard ; mais les juges, oui. Enfin, espères-tu encore ?

— « En rentrant à Florence, je tenterai une dernière fois la fortune ; j'irai implorer de nouveau Marignuoli ; je veux sauver mon pauvre Ghérard !... Il était si brave et si courageux, si bon pour sa vieille mère qu'il nourrissait de son travail ! Or, les bons fils sont choses rares au milieu des agitations de la république. Au temps des factions, l'égoïsme crie plus haut encore qu'aux heures de calme. — Dans la lutte, on ne pense guère qu'à soi.

« Les trois Florentins cheminèrent silencieusement durant quelques minutes, songeant avec tristesse à la destinée de cet infortuné Ghérard, dont le bras fort et l'irascible pensée avaient été trop prompts.

« Ils venaient de dépasser le beau palais Palmieri, où Boccace allait rassembler ses célèbres

conteuses, quand une jeune fille de la porte
Pinti accourut toute tremblante, les yeux ha-
gards, pleins d'effroi, au-devant du vieillard
qui accompagnait Lando :

— « Père, s'écria-t-elle en le saisissant par
son manteau; père, restez ici, n'allez pas à
Florence; le peuple parcourt les rues, les
troupes de la seigneurie sont armées, le sang
des citoyens va couler; restez ici, mon père!

— « Ah! c'est que la faction des cardeurs de
laine va vite en besogne, dit Michèle d'un air
triomphant; hier, nous sommes allés avec nos
enseignes au palais du Podestat, au palais des
seigneurs. Il a fallu qu'ils composassent, les orgueilleux! Nous n'avons plus de juge étranger;
on a créé trois nouveaux corps de métiers,
un pour nous autres cardeurs de laine, les
deux derniers pour les barbiers et les rôtis-
seurs; deux d'entre nous siégeront parmi les
seigneurs, et l'on ne nous molestera plus! (1)

(1) MACHIAVELLI. *Storia di Firenze.*

— « Eh bien! reprit la jeune fille, c'est à propos d'un cardeur de laine qu'on a voulu pendre, que la sédition a éclaté.

— « Un cardeur de laine? répéta Michèle en pâlissant.

— « Oui, dit la jeune fille avec insouciance, un certain Ghérard...

— « Mon neveu! s'écria Lando d'une voix tonnante. Ah! les misérables, ils ont eu là pensée barbare de l'arracher à sa vieille mère. Viens, Basilio, viens, Florence n'a pas trop de citoyens courageux. Il faut lui conserver celui-là, il en est temps encore!

« Et le hardi Michèle s'élança par la porte Pinti en dirigeant ses pas vers le vieux palais sans songer s'il était suivi de ses deux compagnons.

« Basilio Pugnatore, prévoyant du danger, s'arrêta bravement à la porte de la première hôtellerie, afin d'essayer si le vin ne lui donnerait pas du courage, tandis que la jeune fille faisait de violens efforts pour retenir son grand-père qui voulait imprudemment suivre Michele de Lando sur la place publique.

« Cette jeune fille, par sa beauté, ses vertus, faisait l'orgueil de Fiésole, la poétique montagne des fleurs ; tout le monde l'aimait. On avait pour elle une déférence singulière ; mais nous devons dire aussi que Guidetta était une perle ; que nulle Florentine n'avait de plus beaux cheveux cendrés, de plus longs yeux noirs ; son esprit, quoique inculte, avait une originalité pleine de charme, et chacun la consultait dans la bonne comme dans la mauvaise fortune.

« Le vieillard dut céder à l'influence générale qu'exerçait sa petite-fille ; et, tout en grommelant, il rentra dans sa maisonnette avec Guidetta, tandis qu'une tragédie sanglante se déroulait sur la place du vieux palais de Florence....

« La seigneurie, c'est-à-dire les hommes qui gouvernaient la république florentine, se mon-

trait bien impolitique en agissant avec rigueur
à l'heure de la tempête populaire. Le triumvirat guelfe, miné sourdement par la faction
gibeline des Ricci, des Alberti et des Medici,
n'était pas assez fort pour résister à ces grands
et fougueux citoyens qui se trouvaient, pour
ainsi dire, être les organes de la nation presque
tout entière. Les coups d'état sont dangereux
dans les gouvernemens qui inclinent vers la dé-
mocratie; quelle que soit la puissance brutale
dont un gouvernement peut disposer, quel que
soit pour lui le dévouement de cette force ma-
térielle, il est rare qu'elle ne finisse pas par
s'amoindrir, se morceler en face de ce phénix
effrayant qui se nomme le peuple. — Or, comme
les idées démocratiques (si injustes qu'elles
puissent être parfois) ont un grand charme aux
yeux mêmes de ceux qui composent la puissance brutale, il arrive que cela fait la tache
d'huile, et que les soutiens salariés des gouver-
nans sont les premiers à jeter la pierre au front
de leurs maîtres. Mais c'était d'autant plus im-

politique, plus imprévoyant ou plus coupable de la part du triumvirat guelfe, que, en exerçant un acte de rigueur sur un gibelin, il ne pouvait opposer à la fureur du parti qu'il mutilait qu'une poignée de soldats indisciplinés ou d'une fidélité douteuse.

« Revenons à Michele de Lando.

« Le cardeur de laine traversa rapidement le quartier de *Santa Maria la Novella;* puis, longeant la rue Gibeline et laissant à gauche le dôme splendide du Brunelleschi, il parvint à grand'peine jusqu'à l'hôtellerie des *Clefs-d'Or,* tant la foule était considérable; haletant, respirant à peine, craignant d'interroger ceux qui le coudoyaient ou le repoussaient, il allait, il allait, semblable au malheureux frappé de somnambulisme, qui marche sur le versant d'un abîme au bout duquel il trouvera la mort à l'instant de son réveil.

« Arrivé à l'angle oriental du vieux palais, tout près d'une petite rue qui débouche de l'Arno, il aperçut de vives lueurs qui, partant

de la fameuse *Loggia de' Lanzi*, venaient éclairer
les figures sombres des cavaliers mercenaires
de la seigneurie. Puis un grand refoulement de
la multitude eut lieu; un immense cri, un
rugissement prolongé retentirent, les cavaliers
abaissèrent leurs lances et acculèrent leurs
chevaux sur la foule qui grondait, menaçante.
Alors, Lando, poussé par un vague pressenti-
ment de malheur, sentit une sueur glacée
inonder son front; ses cheveux se hérissèrent
sur sa tête, ses tempes se serrèrent, son cœur
se brisa dans une affreuse angoisse; il voulut
prier, il invoqua l'espérance, mais le doute
anéantit et l'espérance et la prière. Il rassem-
bla toutes ses forces physiques, cet homme malheureux; et, glissant comme un serpent dans la
foule entre les archers, sous les jambes des
chevaux, il arriva jusqu'à la Loggia....

« Là, il vit un spectacle atroce et capable de
briser une autre âme que la sienne. La place
était prodigalement illuminée de toutes parts.
Le Palais-Vieux laissait tomber des jets de

flamme de chacun de ses machicoulis sévères ;
les seigneurs étaient au balcon, abaissant leurs
regards sur un échafaud dressé au milieu de la
place, que protégeait une triple haie d'hommes
d'armes. Comme Lando s'élançait sur le stylo-
bate de la Loggia, le bourreau éleva dans l'air
une tête ensanglantée en s'écriant d'une voix
retentissante :

— « Ainsi le veut la justice de nos redoutables et puissans seigneurs !

« Le cardeur de laine regarda cette tête et
essaya de broyer ses dents l'une sur l'autre ;
puis, arrachant un lambeau de ses haillons,
il le jeta en défi vers le balcon des seigneurs,
comme si c'eût été un gant de chevalier.

« La tête sanglante était celle de Ghérard,
le neveu du cardeur de laine !

LXII

Esclave hier ; aujourd'hui César.

> Salut à toi, sœur du soleil, noble liberté !
> comme lui, tu réchauffes les cœurs, comme
> lui, tu fais sourire le pauvre ; il s'épanouit à ta
> puissante haleine, il se sent grandir, sa force
> s'accroît ; et alors, inspiré par toi, mon amou-
> reuse, il secoue sa chaîne brisée au front de
> ses tyrans !
>
> Comte L. DE CHARNY. *Hymne à la liberté.*

« Michele de Lando demeura long-temps immobile, appuyé sur le lion de Flaminius, un
chef-d'œuvre de l'art athénien, concentrant
dans son cœur toutes ses pensées, toutes ses

douleurs et toute sa haine, afin d'en faire sortir quelque grande chose, comme le léopard blessé et traqué, qui réunit toutes ses forces, s'arrête, et, s'élançant d'un bond terrible, renverse, déchire et dévore ceux qui se croyaient sûrs de l'arrêter. — Tel était le pauvre cardeur de laine appuyé sur le beau lion grec du consul Flaminius, le vaincu du Trasimène!

« Les compagnies mercenaires commençaient à faire évacuer la place; le peuple s'écoulait par les rues, mais toujours dans la direction de *Santa-Croce*, cette vaste et superbe Nécropolis des illustres Florentins. Michele releva tout à coup la tête en homme qui s'est arrêté à une haute résolution; et, rajustant ses haillons, il suivit la foule.

« La peinture seule peut rendre le regard qu'il lança sur le balcon où se trouvaient encore les membres de la seigneurie. Il exprimait toute la sublimité de la vengeance, et le vieux palais sembla voiler son front sous le manteau de la nuit pour ne pas supporter ce regard, car

ses jets de flammes, ses milliers de torches s'é-
teignirent à cette heure.

« Michele exerçait une extrême influence sur
les hommes des métiers ; sa parole éloquente,
son geste puissant, son attitude antique, com-
mandaient aux plus indifférens. Il n'ignorait
pas ces avantages et sut en tirer parti. *La nature l'avait mieux partagé que la fortune*, dit le
grand historien de Florence ; mais il surgit des
occasions dans la vie où l'homme audacieux fait
rebrousser chemin aux revers. — Le cardeur
de laine en était là.

« Il mit à profit l'émeute des jours précédens.
Toutes les rigueurs exercées par la seigneurie
furent déroulées sous les yeux de ce peuple
bouillant de colère avec une parole énergique,
une parole qui allumait dans les âmes le feu de
la liberté. L'humble mais fier tribun harangua
la multitude avec une audace inouïe ; la place
de *Santa-Croce*, rapidement improvisée en Forum, retentit d'imprécations menaçantes, et,

au lever du soleil, chaque citoyen de Florence était debout.

« Tout cela était l'œuvre de Michele de Lando, le simple cardeur de laine !

« *L'ordre populaire*, furieux, formidable, hurlait avec ses cent mille voix dans la belle cité des fleurs, voulant des franchises illimitées, voulant l'abolition de la noblesse, et, comme toujours, tant les hommes sont de singulières créatures, voulant devenir noble, lui peuple grossier, peuple ignorant ! L'aristocratie en cape de velours ou de soie avait assez duré, il fallait lui suppléer l'aristocratie en brayes. — Des mendians, des perruquiers furent créés membres de la seigneurie ! Singulière anomalie ! — Mais Florence le voulait, et Florence au quatorzième siècle avait quelque ressemblance avec la Rome de Cicéron..... Rome dans ses jours de tourmente.

« Michele de Lando commençait sa vengeance par une révolution. Un homme vulgaire, un citoyen obscur, et plus d'un bon gentilhomme

auraient planté leur stylet dans le cœur du juge
inexorable ; Lando, d'une plus haute et plus
rude trempe, laissait l'homme s'effacer ; il ne
voyait plus que le principe, et c'était le principe qu'il attaquait à sa base pour le faire crou-
ler. Un savant agronome ne se borne pas à
couper le chardon ou l'ivraie qui croissent dans
son champ, il déracine ou brûle. Lando es-
sayait de tout atteindre avec son bras armé de
la faux et de la torche ardente.

« Il envoya les nouveaux seigneurs au palais
s'asseoir à côté des orgueilleux guelfes ; on les
reçut, ils venaient par la volonté du peuple
libre de Florence ! — Le haillon vint froisser
le manteau de samis brodé d'or. Il y avait de
quoi dégoûter les Albizzi de leur suprématie
expirante !

« Eh bien ! la seigneurie accepta tout ! elle
avala d'un trait la coupe d'où l'amertume débordait, croyant que la souffrance serait moins
longue. C'était encore impolitique, et son inca-

pacité se décelait dans chaque acte. Si vous
voulez apprivoiser un tigre, ne lui donnez pas
de sang à boire. Aux hommes violens, il faut
opposer la violence, la fermeté; si vous fléchis-
sez, ils vous écrasent. La condescendance est
par eux taxée de lâcheté. Dans des périls aussi
éminens, quand il s'agit du salut d'un parti,
quand deux grands principes sont en présence,
il n'y a pas de fusion à espérer; il faut combattre avec la pensée de succomber dans la lutte
ou de vaincre.

« Les seigneurs, après les premières concessions, durent subir des demandes plus dures :

« La seigneurie devait pourvoir à ce que
les nouveaux corps des patriciens en haillons
eussent de vastes salles d'assemblées; que nul
de leurs membres ne pourrait être contraint,
avant deux ans révolus, à payer une dette au-
dessous de cinquante ducats. — C'était peu
probe assurément, de la part de ces gentilshommes improvisés; — que le mont-de-piété

renoncerait aux intérêts et ne pourrait exiger
que les capitaux; qu'il y aurait amnistie pour
les bannis et les condamnés; que les *admonestés*
seraient rétablis dans leurs priviléges. Les révoltés avaient ajouté beaucoup d'autres choses
en faveur de leurs amis, pour faire bannir et
admonester leurs ennemis. Ces demandes tout
injurieuses et révoltantes qu'elles étaient, furent
consenties par les seigneurs; le collège et le
conseil du peuple, tant on redoutait des dé-
sordres pires! Il y manquait la seule ratification
du conseil commun; et, comme il était impossible d'assembler deux conseils en un jour, il
fallut attendre au lendemain. Cependant il y
eut un instant de calme; les métiers semblaient contens, et le peuple satisfait. Il avait
enfin promis, le vieux lion florentin, de rentrer dans l'ordre aussitôt que la loi serait consommée.

« Dans la matinée du lendemain, tandis que
le conseil commun délibérait, la multitude, im-

patiente et fougueuse, courut à la place, sous
ses enseignes accoutumées, avec des cris horribles qui répandirent l'effroi dans le vieux palais. Un des seigneurs, Guériant Marignuoli,
sans autre raison que la peur, descendit, sous
prétexte de garder la porte, mais, en effet, pour
se sauver chez lui. Quelque précaution qu'il
prît pour n'être pas reconnu de la foule, il le
fut pourtant. Michele de Lando le connaissait
trop bien, et il était presque toujours sous le
balcon de la seigneurie. Mais, ainsi que je l'ai
dit, ce n'était pas à l'homme que s'attaquait
Michele, c'était au principe. Marignuoli s'éloigna
sans encombre ; et la populace se mit à crier
que les seigneurs eussent à sortir du palais, ou
qu'elle allait assommer leurs enfans et brûler
leurs maisons. Cependant la loi avait eu la sanc-
tion. Les seigneurs étaient rentrés dans leur
chambre, et le conseil venait de descendre ;
mais il restait dans la cour sans oser sortir, et regardait la république comme perdue, en voyant

la fureur de la multitude et la perfidie ou la
lâcheté de ceux qui auraient pu ou l'arrêter ou
la réduire. (1)

« Cependant tous ne doutaient pas du salut
de la république. Deux hommes, placés à de
longues distances dans l'échelle sociale, mais
tous deux animés du plus sublime et du plus
ardent patriotisme, rêvaient une grande organisation civile et militaire, — deux choses alors
mortes dans Florence. L'un de ces hommes
était un juge du parti guelfe, nommé Cante
des Gabrielli. l'autre était notre gibelin Michele de Lando.

« Au milieu de cette exaspération étrange, dit
Machiavel, les seigneurs, tremblans pour eux-
mêmes et pour la patrie, abandonnés d'un de
leurs collègues, voyant qu'aucun citoyen ne les
aidait ni de ses forces ni de ses conseils, ne
savaient quel parti prendre. Ils en étaient là,

---

(1) *Storia della' bellissima citta di Firenze.*

lorsque Tommaso Strozzi et Benedetto Alberti,
ou pour rester seuls seigneurs, ou parlant de
bonne foi, dirent qu'il fallait céder à la violence, abdiquer et se retirer. Cet avis, donné
par les instigateurs de la sédition (ils étaient
du parti des Medici), quoique agréé de tous
les autres, indigna Alaman Acciaiuali et Nicoló
del Béné, qui, reprenant un peu de courage,
répondirent que qui voudrait se retirer en était
le maître, qu'ils ne pouvaient s'y opposer;
mais que pour eux, en attendant l'expiration
de leur autorité, ils ne la quitteraient qu'avec
la vie.

« Cette dispute ne fit qu'augmenter la frayeur
des autres et l'audace du peuple. Enfin le gonfalonier, préférant la honte au péril, se mit
sous la protection de Tommaso Strozzi, qui le
conduisit à sa maison. A son exemple, les autres seigneurs sortirent l'un après l'autre. Alaman et Nicoló, se voyant seuls, pour ne pas
paraître plus obstinés que sages, se retirèrent
aussi et abandonnèrent le palais au peuple et

aux huit ministres de la guerre, dont l'autorité n'était pas expirée. (1)

« Alors le peuple s'ébranla comme le soulè-vement des vagues ; et, précédé de Michele de Lando, qui portait l'enseigne de justice, il se précipita dans le palais. (2)

— « Maintenant, *citoyens*, s'écria le cardeur de laine, notre tour est venu ; que voulez-vous faire ?

— « Créons un gonfalonier de l'ordre po-pulaire, s'écrièrent mille voix.

— « Cherchez donc un homme digne de vos suffrages, reprit Lando.

---

(1) N. MACHIAVELLI. *Storia di Firenze.*

(2) « Lorsque le peuple entra dans le palais de Florence, l'en-
« seigne de justice était dans les mains d'un certain Michele de
« Lando, cardeur de laine. Cet homme, sans chaussure et à
« demi nu, monta les degrés avec la foule. Quand il fut dans la
« salle d'audience, il s'arrêta, et se tournant vers la multitude :
« *Vous voilà,* dit-il, *maîtres du palais et de la ville ; à présent que*
« *voulez-vous faire ?* Tous répondirent unanimement qu'ils vou-
« laient qu'il fût gonfalonier, avec pouvoir de gouverner selon
« sa prudence. Il s'en connaissait digne, et il accepta. La nature
« l'avait mieux partagé que la fortune. »

NICOLÓ MACHIAVELLI.

— « Il est trouvé ; c'est toi ! hurla la multitude avec un élan spontané. Honneur à Michele de Lando, gonfalonier de Florence !

— « Malheur aux guelfes ! La république est libre ! Mort aux seigneurs ! mort aux tyrans !!!

« Le cardeur de laine, loin d'être attéré par un si grand coup de la fortune, leva haut son front comme un héritier impérial qui vient d'être salué César. C'est que Michele se sentait digne de la mission qui venait de lui être confiée. — Or, la naissance illustre n'a pas seule le privilége de la capacité ; il le croyait du moins, le cardeur de laine, et bien d'autres avec lui.

« En un instant il pacifie la ville, fait cesser le désordre, défend, sous peine de mort, l'incendie et le vol ; et, *pour soutenir son ordonnance par la terreur, il fait dresser des potences sur la place.* Puis, s'adjoignant un grand citoyen de l'ordre populaire, Sylvestre de Medici, il fait jouer une espéce de mascarade à propos d'un fantôme de prévôt, un épouvantail aristocratique destiné à l'amusement de la populace qui finit par le déchirer en lambeaux aux cris de VIVE LA LIBRE RÉPUBLIQUE DE FLORENCE !

« Sur le soir, la cité devint calme. Quatre jours et quatre nuits s'étaient écoulés dans un affreux désordre. Il fallait du sommeil à ces ardents révolutionnaires ; car le sommeil, comme la pluie, fait finir l'émeute. Florence reposa enfin après ses luttes acharnées.

« Pendant que tout semblait endormi des bords de l'Arno aux extrémités des bleus coteaux de Fiésole, un homme veillait dans le palais de la république. Une cape assez mesquine couvrait ses épaules robustes, et quand il traçait quelques lignes d'une main mal assurée et peu exercée surtout, on pouvait remarquer ses bras nerveux, hâlés, sa poitrine nue, accoutrement bizarre et pauvre, qui contrastait singulièrement avec la magnificence de la salle des seigneurs : cet homme, c'était encore Michele de Lando.

— « Ce n'est pas une petite besogne que de

gouverner, dit-il tout haut avec son singulier
sourire en rejetant au loin sa plume,

« Puis il agita violemment une clochette, qui
fit apparaître un officier de service beaucoup
plus brillant que le gonfalonier.

— « Jeune homme, dit Lando, voici d'im-
portans messages; éveillez tous vos collègues et
faites en sorte qu'ils soient remis à qui de droit
avant le lever du soleil.

— « Oui, illustre seigneur.

« Et le jeune officier se retira.

— « *Illustre seigneur !* répéta Lando d'un
ton grave, illustre seigneur; déjà ! Est-ce un
rêve, mon Dieu ? suis-je bien l'homme qui, ce
matin encore, était un humble et pauvre cardeur de laine ? Moi, Michele de Lando, gonfalonier de la fière république de Florence ! —
Oui, oui, je suis cet homme ! je le sens à la
haine vivace qui vibre dans mon cœur; à la
haine que j'ai pour toutes les tyrannies ! ! Dieu
a fait une montagne d'un grain de sable, et
cette montagne servira de digue à l'avalanche

qui menaçait d'engloutir la patrie. A l'œuvre, maître, ne te rebute pas, travaille ! Les factions relèveront encore la tête ; mais je la leur courberai sous ma main de bronze. Déjà j'ai chassé les huit ministres de la guerre ; j'ai nommé quatre seigneurs du menu peuple, deux des corps majeurs et deux des mineurs. La cité est divisée en trois classes ; toutes auront de pareils priviléges ; je ne veux pas d'exactions ; je veux la justice ! Sylvestre de Medici aura la charge d'inspecteur des quartiers ; je serai podestat d'Empoli ; et si les nouveaux seigneurs veulent, comme les autres, attenter à la liberté de la république, je leur ferai bien voir que je suis gonfalonier de Florence !

« Cependant le parti guelfe ne se croyait pas vaincu, malgré son grand revers ; quelques hommes de la plus vile populace furent soudoyés par les triumvirs et par Marignuoli ; l'argent, prodigué par des mains libérales, grossit rapidement leur nombre, et à l'heure où les seigneurs, présidés par le gonfalonier, délibéraient sur l'organisation du gouvernement, une horde armée arriva devant le vieux palais en criant aux nouveaux seigneurs de descendre sur la *Ringhiéra* (le barreau de la Loggia), pour aviser aux intérêts et à la sûreté de tous. Ils accusaient déjà Michele de Lando de trop favoriser les notables. Selon eux, le gibelin de la veille était déjà guelfe, tant la populace est inconstante dans ses dires !

« Michele, indigné, s'élance au balcon la main armée d'une lance; il veut haranguer la multitude, quand tout à coup des cris retentissent, un refoulement s'opère dans cette mer de têtes; tous les regards se portent vers un groupe qui s'avance; on se tait. Medici, Luigi Puccio et Giorgio Scali accourent au balcon, chacun examine avec anxiété; Lando pâlit. — Une jeune et belle fille monte les degrés du palais, soutenue ou plutôt portée par une femme et un vieillard au regard sévère; tous semblent brisés par une affreuse angoisse; la jeune fille est échevelée, son visage est meurtri,

ses vêtemens déchirés, son sein est découvert ;
tout annonce qu'elle est victime d'un crime
odieux. — Enfin cette jeune fille et ceux qui la
soutiennent se précipitent dans la salle, et la
mère vient tomber aux pieds de Michele de
Lando en s'écriant d'une voix lamentable :

— « Justice !. seigneur gonfalonier, faites-
nous justice du fils infâme de Guériant Marignuoli ! il a déshonoré ma fille !!!

« Et cette fille, c'était Guidetta, la perle dont
Fiésole était naguère si orgueilleuse.....

« Les seigneurs relevèrent cette malheureuse
femme, et Lando vint prodiguer ses soins à Guidetta, à cette pauvre fleur fanée si vite !

— « Michele, dit le vieillard en essuyant les
larmes qui coulaient sur ses joues ridées, ce
n'est pas à mon ancien ami que je viens demander justice, ni à l'oncle de l'infortuné Ghérard condamné par Marignuoli, non, Michele,
c'est au gonfalonier de la république !

— « Tu l'auras, s'écria Lando, tu seras
vengé, vieillard.

« En ce moment, un des syndics accourut dans un grand désordre ; des cris furieux retentissaient de toutes parts ; la faction devenait de plus en plus menaçante ; on assiégeait le palais ; et, si l'on ne déployait une grande vigueur et un grand courage, la liberté florentine allait périr !....

LXIII

Le Drame.

Grâce et pitié, seigneur, c'est un enfant!
SHAKESPEARE.

« Vous n'avez pas oublié, messieurs, l'appa-
rition à Fiésole de la blonde et poétique figure
de Guidetta, cette gracieuse enfant, digne du
ravissant auditoire de Boccace. Le jour de la

régénération politique de Florence, elle reve-
nait seule des champs, regagnant joyeusement
sa maisonnette, sans nullement songer aux
grands événemens révolutionnaires qui agitaient
la patrie, lorsque, dans les vignes, elle fut rencontrée par Marco Marignuoli, le fils du juge.

« Guidetta connaissait fort bien ce jeune seigneur, dont la villa était située sur le beau versant de Fiésole. Marco était un franc débauché,
mais son cœur n'était pas encore complétement
envahi par des vices odieux. C'était un jeune
patricien d'une organisation ardente, voluptueuse, mais parfois remplie de faiblesses
étranges. On l'avait gâté, et l'enfant s'était
laissé faire. Livré à des gens probes, vertueux
ou sévères, il serait devenu utile à la patrie,
tandis qu'il en était la honte.

« Son père, loin de l'arracher à cette existence déshonorante, l'encourageait presque
dans ses débauches continuelles, alléguant que
plus la jeunesse a été orageuse, plus l'âge mûr
est calme, grave et propre aux grands emplois

politiques. Marignuoli était un homme dur, sec,
orgueilleux, et, comme il était d'une vieille race
patricienne, il s'en targuait pour son fils. — A
Florence, comme dans beaucoup d'autres républiques, les nobles auraient cru déroger à
leur grandeur s'ils n'avaient pas, au printemps
de leur vie, gaspillé une partie de leurs biens,
vexé leurs vassaux ou apporté le deuil dans
quelque famille où la vertu est considérée
comme le plus beau patrimoine.

« Ce Marco Marignuoli vint accoster la Guidetta très cavalièrement.

« Comme toujours, elle répondit avec une
fine moquerie aux propos galans de Marco; le
jeune patricien applaudit à ses saillies, et n'en
parut que plus tendre; puis, prenant tout à
coup un ton sérieux, il la quitta en lui disant :

— « Par la sainte croix! j'oubliais, en étour-
neau que je suis, de vous dire que ma sœur
Bianca veut vous voir, belle Guidetta.

— « Et comment voulez-vous, seigneur
Marco, que je me rende au palais de cette noble

demoiselle ; répliqua-t-elle ; vous ignorez donc ce qui se passe à Florence ?

— « A Florence ? Mais elle est à la villa de mon père, dit le jeune débauché d'un ton singulier.

— « Alors, j'irai après la méridienne.

— « Il serait plus convenable d'y aller à l'instant même ; reprit-il ; car si Florence est maintenant plus calme, je reviendrai la chercher aussitôt. Adieu ; cruelle !

« Et, la saluant avec ironie, Marco prit le chemin de la cité.

— « Adieu, noble Marco, répliqua la jeune fille d'un ton plus malicieux ; prenez garde de laisser votre cœur aux buissons de la route ; mon beau seigneur, vous qui l'offrez à toutes les belles !

« Et Guidetta, songeant que Bianca Marignuoli, dame hautaine, qui l'affectionnait, pouvait avoir quelque belle pièce d'étoffe à lui offrir en échange des services d'aiguille qu'elle lui rendait souvent, Guidetta suivit le conseil de

Marco ; et, leste et pimpante, elle se dirigea en
chantant une chansonnette florentine vers la
villa Marignuoli.

« Guidetta était à peine entrée dans cette
somptueuse demeure, que le jeune voluptueux,
ayant tout à coup quitté le chemin de Florence,
revint sur ses pas, et pénétra dans sa villa par
la petite porte du jardin donnant sur les
champs.

« Au lieu de trouver la fière patricienne dans
les salles parfumées de son beau palais, elle
n'y trouva que Marco Marignuoli.

« Et il y eut là une scène affreuse !

« Et comme tous les laquais étaient dévoués
corps et âme, — en admettant que des laquais
aient une âme, — les cris, les menaces et les
prières de la vertueuse et infortunée Guidetta
furent étouffés dans le silence ou sous des caresses impudiques !.....

« Elle n'en sortit que le lendemain, après le
lever du soleil, brisée, polluée, mutilée ! Et son
grand-père, l'inflexible vieillard, loin d'ense-

velir sa honte dans l'ombre, força sa mère de la
conduire demi-nue, comme le libertin l'avait
renvoyée, aux pieds du gonfalonier de Florence,
afin d'en obtenir une éclatante justice !

« Michele de Lando, après une lutte achar-
née, gouvernait enfin la cité. Son administra-
tion intègre, grandiose et pleine de noblesse,
lui attirait l'estime générale. Chacun s'inclinait
devant le génie de l'heureux gonfalonier, auquel
trois ou quatre semaines avaient suffi pour
opérer un pareil prodige. Les esprits étaient
assez calmes sous le point de vue politique ;
mais une rumeur sourde couvait partout à
propos de l'attentat de Marco Marignuoli. —
Son crime était odieux, et de plus cet homme
était le fils d'un des anciens seigneurs guelfes
de la république.

« Comme le peuple avait la pensée que le
conseil était capable de se laisser séduire par
Guériant, dont la fortune considérable pouvait
opérer des prodiges, le peuple vint formuler

son accusation contre Marco à la Ringhiéra; le tribunal s'assembla aussitôt, pressé par ces démonstrations violentes, et Marco fut condamné à mourir de la mort des infâmes—sur la place du vieux palais.

« La veille du jour fixé pour le supplice, quand l'échafaud se dressait déjà en face de la Loggia de' Lanzi, un vieillard vint au palais, et fit demander au gonfalonier de le recevoir. Ce vieillard était l'ancien juge guelfe Guériant Marignuoli. Le nouveau grand dignitaire, le haut magistrat du peuple, le reçut avec un visage austère; son œil impassible et sec montrait au guelfe qu'il le reconnaissait bien. — Guériant vit dans ce regard la mort de son fils.

— « Depuis un mois, les choses ont bien changé à Florence, seigneur gonfalonier, dit Guériant d'une voix altérée; vous êtes puissant, et je suis abaissé. Ainsi le veut la fortune. Vous êtes un homme d'un grand caractère, seigneur de Lando, et vous comprenez tout ce que je

IV.   6

dois souffrir en venant implorer de vous une grâce.

— « Pourquoi cela, Marignuoli ?

— « Ah ! ne me forcez pas à évoquer le souvenir du passé. J'ai été inexorable, je le sais ; mais je devais l'être. La loi n'a pas d'entrailles.

— « Vous avez tort de ne pas évoquer le passé, répliqua le chef gibelin ; dans le passé, j'étais un misérable cardeur de laine ; aujourd'hui, je suis gonfalonier de la république. Or, la vengeance d'un misérable plébéien ne doit pas ressembler à celle du premier magistrat de Florence.

« Le visage de Michele était toujours si impassible, que le vieillard prit ces paroles équivoques pour une sentence de mauvais augure ; et, brisé par le désespoir et par l'orgueil humilié, il tomba aux pieds de Lando en arrosant le sol de ses larmes.

— « Grâce et pitié, seigneur ! s'écria-t-il ; grâce pour mes cheveux qui ont blanchi au service de la patrie ! Une infortune vient rare-

ment seule, et, depuis votre puissance, le
malheur a pris possession de ma maison. Ma
ruine se consomme avec une rapidité inouie.
J'avais une fille aussi noble que belle; le peuple,
déchaîné par des ennemis acharnés, a incendié
ma villa de Fiésole, et Bianca est morte hier,
morte d'une frayeur qui l'avait rendue folle!...
J'ai bientôt quatre-vingts ans, seigneur, et il ne
me reste plus que ce fils qu'on veut me ravir!
Par pitié, laissez-le-moi! Vous avez tout pouvoir sur l'esprit des juges, fléchissez-les, usez
de votre droit de gonfalonier; marquez votre
passage en ce monde par la clémence. — La
clémence est la pensée de Dieu accomplie sur la
terre! Vous avez été envoyé par le ciel pour
arrêter les factions qui déchiraient la patrie. Oh!
Lando, vous ne serez pas sourd à mes cris, vous
vous laisserez attendrir par un père qui n'a plus
que ce fils pour appui.....

— « Avez-vous songé que la mère de Ghérard vivait du labeur de son fils? reprit le gonfalonier; avez-vous eu pitié de cette pauvre

vieille femme, qui se prosternait, qui se roulait
à vos pieds dans la poussière?

— « Mais je n'étais pas seul son juge, gonfalonier; mes actes étaient soumis au contrôle
des seigneurs, tandis que toi.....

— « Et ma conscience, Guériant?

— « La conscience? Les rois n'en doivent
point avoir, à moins qu'elle ne tourne au profit
de la générosité; — et toi, n'es-tu pas investi
d'une espèce de royauté?

— « Je ne suis pas né noble, moi, et je ne
comprends pas cela, répliqua le fier tribun
d'une voix railleuse.

— « Ah! ne m'accablez pas, Michele! Oui,
je vous le répète, j'ai été inexorable parce que
la loi le voulait; la tête de votre neveu est tom-
bée sous la hache du bourreau parce qu'il avait
tué; mais mon fils.....

— « Ton fils, vieillard, s'écrie le gonfalonier
d'une voix tonnante, ton fils est un misérable!
ton fils est un lâche!..... Florence était révoltée
contre ses tyrans : un guelfe frappa Ghérard,

Ghérard se vengea, et fit bien..... Et tu trouves
un plébéien qui venge dans le sang d'un noble
l'injure qu'il en a reçue, plus criminel que ton
fils!..... Ah! l'orgueil paternel t'aveugle, vieillard! Ton fils a, par des promesses fallacieuses,
attiré une jeune et belle vierge dans son palais
pour la couvrir d'infamie; puis, quand sa passion odieuse a été assouvie, il l'a renvoyée au
loin, la rejetant dans la fange comme une immon-
dice, et s'est ri des larmes de tout une famille!
S'il l'avait gardée après cette grande forfaiture,
s'il en avait fait sa maîtresse, je concevrais;
mais il l'a misérablement chassée! Ah! voilà un
crime qui mérite la mort! Quel homme aurait maintenant assez de courage pour tendre
une main secourable à cette belle Guidetta, afin
de la replacer sur un piédestal dont elle ne serait jamais descendue sans la violence de ton
fils? Nul ne l'oserait! Les préjugés sociaux
parlent trop fort dans le cœur humain. Quand
la bouche d'un ennemi s'est posée sur une fleur,
si belle qu'elle soit encore aux yeux, on la re-

garde comme souillée, et d'autres lèvres ne
viennent pas effleurer son calice. Guidetta, la
perle de Fiésole, mourra dans sa douleur, et sa
mort entr'ouvrira la tombe de ses vieux parens.
Voilà des crimes, vieillard, et des crimes com-
mis avec lâcheté !

— « Ah ! par pitié ! si vous accablez le fils,
n'humiliez pas le père : non, Marco n'est point
un lâche; il a pu être égaré par la violence de
sa passion, mais nul cœur n'est plus noble que
le sien. Daignez m'entendre ; condamnez-le à
une amende et bannissez-le de Florence. C'est
pour lui le plus rigoureux châtiment, mais ne
le tuez pas !

— « Ah ! voilà ce que Michele de Lando te
demanda avec instance, Guériant, le bannissement pour son neveu, l'exil loin de la patrie... Vous, vous membre de la seigneurie,
vous y répondites avec la hache du bourreau !

« Le père du condamné, atterré par cette réponse menaçante, laissa retomber lourdement
sa tête vers la terre; et, pendant un affreux

silence de quelques minutes, on n'entendit plus, dans cette immense salle, que les sanglots entrecoupés du vieillard suppliant.

— « Vous avez la vie de mon fils entre les mains, seigneur gonfalonier, reprit tout à coup Marignuoli en se relevant ; vous seul pouvez lui faire grâce ; je vous la demande encore cette grâce ; je vous la demande en ennemi vaincu, en père malheureux ; la faute de Marco est grande, mais la sentence de mort est injuste. Un gibelin n'aurait eu que le bannissement ; mais Marco est guelfe, il faut que la haine des factions l'atteigne !

« Le gonfalonier ne répondit pas ; mais, au fond de son cœur, il approuvait la parole de cet homme, quoiqu'il se trouvât au nombre des meurtriers de son neveu.

— « Vous serez aussi inexorable, Michele, reprit le vieillard redevenant tout à coup l'orgueilleux guelfe, je le vois : le peuple est toujours peuple. Adieu ! je ne vous demanderai pas même à descendre dans le cachot de mon fils. — J'aurai peut-être le courage de monter sur l'échafaud pour l'embrasser une dernière fois !

— « Orgueilleux ! murmura Lando. Je te ferai voir que mon âme a plus de grandeur et de vraie noblesse que la tienne.

« Puis il congédia Marignuoli.

« Quelques instans après, un officier de la seigneurie arriva au palais de l'ancien juge, auquel il remit un message du gonfalonier. C'était l'ordre qui lui permettait de passer la nuit avec son fils. Marignuoli se dirigea aussitôt vers la prison.....

LXIV

Plébéiens et Patriciens.

> L'honneur est au-dessus des hiérarchies sociales. Que m'importe le rang élevé d'un homme si son cœur a un pli pour la lâcheté !
>
> L. DE L.

« Les geôliers firent attendre long-temps celui qui naguère leur commandait. Les hommes vulgaires doublent toujours l'angoisse de l'infortune. Quand la fatalité nous courbe, bien des bras s'élèvent pour nous étendre à terre. Pour la multitude, l'homme n'est grand et ne mérite des égards qu'aux heures de sa prospérité. Donc, Marignuoli subit l'amertume des geôliers.

« Cependant des ordres avaient été donnés par le gonfalonier; et, depuis le départ du juge, Marco, son fils, qu'on avait tiré de son cachot, avait été amené dans une des salles basses du palais. Ennuyé de se promener seul dans l'obscurité, le malheureux jeune homme s'endormit... Le bruit des pas de son père ne l'éveilla pas.

— « Pauvre enfant ! dit le vieillard, il dort ! Dormir à cette heure, quand la populace furieuse demande sa tête à grands cris ! Ah ! que la jeunesse est sublime d'insouciance ! Songer qu'on va mourir dans un jour, dans une heure ! songer que demain ce sera l'éternité !... Ah ! comment les cheveux ne blanchissent-ils pas à cette seule pensée !... Allons ! Marco !

« Le jeune homme se leva d'un bond.

— « Mon père! mon père! s'écria-t-il d'une voix déchirante. Ah! quel cœur est le vôtre. Je suis si indigne de vous.

« Ils se jetèrent dans les bras l'un de l'autre et demeurèrent étroitement embrassés durant plusieurs minutes.

— « Mon Marco, mon pauvre enfant, disait le vieillard en pleurant amèrement, devais-je donc sitôt te perdre? A peine entré dans la vie, il t'en faudra sortir comme une chose inutile… comme une chose mauvaise. Les juges n'ont pas voulu voir un enfant de vingt ans, égaré par la passion; non, ils n'ont vu en toi que le fils d'un ennemi politique. C'est moi qui suis la cause de ta mort! c'est moi qu'on frappe en toi. J'ai offert le reste de ma fortune à la Guidetta, le conseil du peuple s'y est opposé; on veut ta mort, mon pauvre Marco; on veut que ton sang courbe cette tête blanche que n'ont pu courber quatre-vingts hivers! Ah! je le sens, je suis frappé au cœur; j'en mourrai!…

« Les sanglots étouffèrent la voix lamentable

du malheureux vieillard, qui tomba épuisé dans les bras de son fils.

« Un homme, caché dans l'ombre d'un pilier, examinait curieusement cette scène. Ses yeux brillaient dans les ténèbres, et parfois des pleurs roulaient en perles sous ses paupières. Voyant le silence douloureux des deux Marignuoli, il s'avança vers eux en laissant tomber son manteau.

« Cet homme était le gonfalonier de Florence.

— « Allons, levez-vous, leur dit-il à voix basse; séchez vos larmes et écoutez-moi, je suis Michele de Lando.

« La surprise des deux Marignuoli fut grande en se trouvant en regard de cet homme singulier; le vieillard, bien qu'il reconnût la voix de Michele, s'empara de la lampe qui éclairait faiblement un coin de la salle, et il vint en fixer les rayons sur le visage austère du gonfalonier.

— « Dieu nous garde ! dit Marco avec confiance.

— « Jeune homme, repartit Michele, vous avez oublié que vous étiez Florentin, vous avez forfait à l'honneur, vous vous êtes conduit comme un barbare. Ecoutez-moi sans m'interrompre... Les mœurs ne sont pas si sévères à Florence, pour que vous n'ayez pu trouver un cœur qui répondît au vôtre, sans aller remplir Fiésole de deuil... Mais il n'est guère de fautes qu'une âme vraiment noble ne puisse racheter ; j'ai réfléchi à votre jeunesse, à la fougue de vos passions, et je suis venu. Je veux apprendre à votre noble père (et il appuya singulièrement sur ce mot) que le peuple a quelquefois autant de magnanimité que la classe patricienne. Le privilége de la grandeur d'âme n'est pas circonscrit dans cette catégorie orgueilleuse de l'humanité. La noblesse des sentimens est commune à tous, et cette noblesse est la vraie, car nous la tenons de Dieu qui fait les belles âmes.

« Le vieux guelfe, malgré sa situation critique, avait de la peine à contenir sa fureur ; chaque parole du gonfalonier était pour lui comme un charbon ardent sur une plaie sanglante.

« Michele poursuivit ainsi :

— « Je suis venu pour vous sauver. Cependant la vengeance m'était bien permise ; mais je l'ai dit à Marignuoli, le gonfalonier de la république ne doit pas épouser les querelles d'un gibelin obscur. Écoutez-moi, Marco ; Guidetta est une belle et honnête fille ; vous savez si aucune Florentine eut une jeunesse plus pure ; vous savez combien elle fut dévouée à sa mère et à son aïeul, un vieillard qui, sans elle, mendierait son pain ; eh bien, vous l'avez flétrie ; rendez-lui l'honneur, j'apaiserai ceux qui veulent votre tête.

— « Jamais ! s'écria le vieux patricien en mettant sa main sur la bouche de son fils ; jamais un Marignuoli n'épousera la fille d'un tisserand ! Nous croyez-vous donc capables de déroger ainsi à notre rang ? Non, non, Michele, les Marignuoli ne connaissent pas les mésalliances, et vous oubliez que j'ai été *seigneur* de la république !

— « Et vous oubliez, répliqua Lando d'un ton plein de colère, vous oubliez que moi je suis seigneur des seigneurs, que je suis gonfalonier de Florence ! vous oubliez que j'ai conquis mon gonfalon, mes titres, ma noblesse sur la place publique, à la pointe de mon épée ; que j'ai versé mon sang pour anéantir les factions ; que j'ai fait renaître le crédit dans la cité, refleurir le commerce, pacifié nos Etats ; et vous oubliez, orgueilleux patricien, qu'hier encore Michele de Lando, le gonfalonier de Florence, devant qui vous vous êtes abaissé, était un misérable cardeur de laine ! ! !

— « Le malheur a aigri mon père, seigneur, dit Marco ; pardonnez-lui, de grâce.

— « Par pitié ! par pitié, seigneur gonfalonier ! dit le vieillard en se jetant à ses genoux, puisque vous avez eu la pensée de la clémence,

exilez-nous tous deux, confisquez le reste de
mes biens, déclarez-nous infâmes; mais laissez
mon fils libre.

— « Non, dit Michele avec fermeté, non,
je veux qu'il rende l'honneur à celle qu'il a
flétrie; sa vie est à ce prix.

— « Envoyez-le sur les galères de la république, faites-en un soldat de cohorte.

— « Non !

— « Eh bien, Michele, il sera le dernier de mon
nom; l'antique famille des Marignuoli s'étein-
dra en lui;... je l'ensevelirai dans un cloître !

— « Non ! je veux qu'il répare son crime.

— « Je le poignarderais plutôt ! s'écria le
vieillard furieux en se relevant.

— « Va, orgueilleux patricien ! dit le gonfalonier en se retirant, ne t'en prends qu'à
toi si demain ton fils monte sur l'échafaud !...

« Le peuple florentin, craignant une surprise de la part du parti guelfe, voulut que le
supplice de Marco eût lieu en plein jour. Nous
avons dit que l'échafaud était dressé dès la

veille; quand vint l'heure de midi, la populace accourut de toutes parts vers le vieux palais en poussant des hurlemens frénétiques, criant qu'on eût à se hâter d'amener le jeune guelfe, ou qu'elle allait se ruer sur la prison, afin que cet homme ne pût lui échapper.

« L'infortuné Marco entendait ces cris de rage qui ébranlaient jusqu'aux entrailles de la terre où il gémissait. Cela lui fit peur; et, ayant demandé un prêtre, il se confessa et chargea le religieux d'un message pour le gonfalonier. Après l'accomplissement de ce pieux devoir, il parut plus tranquille; les rugissemens devenaient de plus en plus furieux; mais s'il prêtait souvent l'oreille aux bruits du dehors, ce n'étaient pas ceux du peuple qui occupaient ainsi sa pensée.

« Il attendit bien long-temps encore; il espérait tant du message emporté par le religieux ! Mais ses espérances s'évanouirent comme le sillon que le vent imprime sur le fleuve, et il ne vit pas sans une horrible angoisse ap-

7

paraître au fond de son cachot la grosse figure
stupide de l'exécuteur....

— « Allons ! dit l'homme.

« Et ils partirent.

« Ailleurs il se passait une scène moins désolée. Des officiers de la seigneurie accouraient
à la porte Pinti, chez la Guidetta, où se trouvait aussi, comme consolateur, l'honnête Basilio Pugnatore.

— « Voici un ordre du seigneur Michele de
Lando, gonfalonier de l'illustre république,
dirent-ils ; lisez.

« Le vieillard décacheta la lettre et la remit
à Pugnatore, qui jeta sur les caractères vigoureux de Michele des regards singulièrement
avinés.

— « Je—e—crois que Mi—Michele veut que
je dorme tou—oujours, n'est-ce pas, mes seigneurs ?

« Et il rendit la lettre à l'un des officiers,
car le brave bègue ne savait pas lire.

— « Il faut, dit l'officier au vieillard, que vous, votre fille et la Guidetta, vous rendiez au palais sans tarder. Nous avons ordre de vous y conduire. Notre maître veut que vous voyiez sur l'échafaud celui qui a déshonoré votre maison.

— « Ah ! dit le vieillard avec une joie amère, Michele comprend la vengeance, lui ; il a vu tomber la tête de son neveu... Merci, merci, bon Michele. Allons, Guidetta, partons ; suivons ces seigneurs.

« La malheureuse enfant se mit à sangloter, car on allait tuer cet homme en qui elle espérait encore.

— « Je vous accompagnerai aussi, mes maîtres, dit le bègue en se levant et en s'affermissant sur ses jambes tant bien que mal ; mon ami Mi—Michele doit avoir be—besoin d'un sommelier.

« Nul ne lui répondit, et la triste société s'engouffra bientôt dans les rues de Florence.

« Après une demi-heure d'une marche pé-

nible à travers la populace qui bondissait par
les rues en rugissant, la belle et malheureuse
jeune fille entra avec ceux qui l'accompagnaient
dans le palais de la seigneurie où l'attendait
Michele de Lando.

« Le condamné arrivait alors au dernier degré de l'estrade qui aboutissait au plancher de
l'échafaud. Mille huées furieuses, mille injures
l'accueillirent. La lie du peuple vociférait et
oscillait comme la mer courroucée, cherchant
à tromper la vigilance des mercenaires armés
pour se précipiter sur ce malheureux guelfe,
afin de le déchirer en lambeaux; il voyait cette
tempête d'un œil morne; il tremblait; il avait
peur. — A vingt ans, quand la fortune n'a pas
été rebelle, l'existence est si admirable, on désire tant de vivre !! Car la vie d'un homme heureux, c'est le ciel !

« Tout à coup les soldats s'agitent dans la
direction de la *Loggia de' Lanzi*, leurs chevaux
s'écartent, leurs rangs s'ouvrent, et Guériant
Marignuoli s'avance, miné par l'âge et la dou-

leur. Sa tête est nue, les longues et rares mèches
de ses cheveux blancs s'éparpillent autour de
sa tête, ses yeux sont secs; il accourt comme
un spectre. Depuis hier il a cent ans; l'angoisse
l'a brisé. Mais, arrivé au pied de l'échafaud,
comme il se prépare à franchir les degrés de
l'estrade, il aperçoit le bourreau dont la hache
se lève; un cri étouffé sort de sa poitrine; il
tombe, et sa tête va frapper les dalles de granit
sur lesquelles elle se brise.

« On le releva; il était mort...

« Alors Marco, courbé par tant de douleurs,
se jeta à genoux et pria. Puis, reportant ses regards sur le balcon du palais, il aperçut Guidetta pleurant dans les bras du gonfalonier.

— « Au nom saint de Dieu, s'écria-t-il d'une
voix poignante, daigne me pardonner, Guidetta! Si j'ai torturé ta vie, c'est que je t'aimais, et de trop grandes distances nous sépa-
raient pour que je pusse te donner mon nom.
Si j'eusse été libre, je l'aurais fait; mais, puis-

que le glaive de la loi m'a atteint, pardonne-
moi !

« Et le malheureux, après ces paroles, présenta sa tête au bourreau avec courage.

— « Grâce ! grâce ! cria Guidetta en tombant
aux pieds de Lando ; grâce pour lui !

— « Grâce ! répétèrent les voix des guelfes
qui se trouvaient dans la foule.

« Mais la populace gibeline voyant qu'on
allait lui arracher sa proie, se rua sur les soldats en poussant de grands cris, et tâcha de
parvenir jusqu'à l'échafaud ; un renfort sortit
du palais et la refoula dans la direction de la
rue qui aboutit au Baptistaire ; puis, le gonfalonier s'avançant sur le balcon avec la jeune
fille, s'écria d'une voix éclatante :

— « Marco Marignuoli, je vous fais grâce !

« Des officiers l'entraînèrent aussitôt dans
le palais dont les portes furent fermées ; les
troupes de la seigneurie restèrent tout le jour

en armes, et cette populace furieuse vint, deux
mois après cet événement, tant elle est mobile
et capricieuse, crier LARGESSE, devant l'église
de *Sainte-Marie-la-Nouvelle*, au jeune patricien
qui conduisait à l'autel la belle et fortunée
Guidetta de Fiésole.

« Bientôt toute la ville de Florence applaudit
à la haute sagesse de son gonfalonier. Durant
trois ans, ce citoyen illustre éleva la république
au faîte de la puissance et de la gloire; mais
les républiques sont bien souvent d'une atroce
ingratitude, et la faction guelfe s'étant relevée
par la populace inconstante, le noble Michele
de Lando alla dans l'exil mourir oublié!...

« Une fille unique naquit de l'union exigée
par l'illustre gonfalonier; les Medici ayant
usurpé le pouvoir du peuple se créèrent une
faction puissante. Cante de Albertizzi, patricien influent, fut nommé au podestat d'Arezzo,
la cité des grands hommes, (1) et Blanca Ma-

_____

(1) Arezzo est une ville ravissante située à l'extrémité du ter-

rignuoli, la fille de Guidetta, devint sa femme, et alla régner en souveraine sur le val de Chiusi. »

— Je suis le dernier rejeton de cette famille, nobles seigneurs, disait Luigi, et comme j'ai tenté de faire revivre en France l'influence de l'infortunée Marie de Médicis, votre bourreau de premier ministre m'a envoyé ici pour expier mon dévouement.

— Merci, merci, moussou le marquis, s'écria Luigi en serrant fortement la main de M. de Leuville.

— Mais c'est qu'elle est en vérité charmante

---

ritoire des anciens Etrusques. Elle a vu naître Mécène, Guy, qui trouva les notes de l'harmonie ; Pétrarque ; le grand Michel-Ange (du val de Chiusi) ; l'Arétin, dont on admire encore le palais public, un chef-d'œuvre ; Giorgio Vasari, peintre, architecte, historien et sculpteur ; le voluptueux Jules II, qui présida le concile de Trente ; l'infortuné maréchal d'Ancre Concino-Concini ; Redi, et dans les temps modernes, le vénérable Fossombrone, premier ministre de l'excellent grand-duc de Toscane. Quelle auréole de noms pour la petite ville !

Voy. mon *Voyage en Italie*, etc., UN AN SUR LES CHEMINS, t. II, page 153.

et pleine d'intérêt la chronique de votre famille, seigneur Albertizzi, dit le chevalier de Jars.

— Et M. de Leuville l'a traduite à merveille, ajouta l'abbé de Foix.

— J'étais loin de te croire si savant linguiste, marquis, reprit de Jars.

— Je suis heureux que cela vous ait inté-ressé, mes chers amis. Au moins, nous avons passé une bonne soirée, malgré l'absence du maréchal.

Luigi était ravi; son amour-propre d'Italien, et les Italiens en ont beaucoup à cause de leur imagination enthousiaste, son amour-propre jouissait de ce succès modeste. — Les Italiens ont encore, malgré leur décadence, un ad-mirable instinct de l'art; sous ce rapport, c'est le peuple le plus avancé du monde. L'envie, cette passion des gens médiocres, les persécute peu; ils sentent que l'homme de talent a besoin d'être encouragé, d'être re-levé, et vraiment ils le lancent dès l'instant qu'il a levé la tête. En France, c'est le con-

traire; il y a au fond de toutes choses une
pensée dénigrante qui désespère l'artiste et tue
l'art! Plus vous allez fièrement en avant, et
plus on veut entraver votre marche; des faquins
qui n'ont jamais rien fait, rien appris, s'éri-
gent en jugeurs et essaient de briser les statues. Ces faquins se divisent en catégories et
forment un concours odieux; leur pensée
unique est de démolir. Les plus acharnés et les
plus redoutables sont les *rapins* de la peinture
et de la sculpture, et les *rapins de la littérature.*
Puis viennent les *crétins*, et les *niais blasés* du
grand monde, ces gens dégoûtés de tout, ces
pauvres impuissans qui ne sont pas de leur
siècle, dont la pensée abâtardie remonte sans
cesse en arrière, ces castrats qui nient les
gloires qu'ils coudoient, qui nient les vastes
progrès de l'esprit humain, qui tranchent à
propos de tout et sont incapables de motiver
leurs déplorables improbations!

Telle est la grande plaie qui ronge l'art et
fait disparaître les croyances; les natures éle-

vées ont d'ordinaire l'humeur chagrine; don-
nez-leur donc de la joie, et ne les privez pas
du soleil qui les enivre en échauffant leur belle
intelligence, — car l'envie et l'ignorance tuent
chez nous, chaque jour, des hommes de
génie! (1)

Luigi Albertizzi était donc un franc Toscan,
et n'avait aucune affinité avec la race que nous
venons de peindre.

---

(1) J'achevais cette page quand on est venu m'annoncer le sui-
cide d'un grand artiste, de l'infortuné Nourrit. Celui-là aussi
s'est tué parce que l'envie et la mauvaise foi l'avaient détrôné au
profit d'un rival heureux! Il paraît qu'en France la gloire et la
vieillesse sont des crimes. Quelques misérables, de ces hommes
qui sont la honte de la littérature, ont forcé l'illustre peintre des
Pestiférés de Jaffa, des *Batailles d'Aboukir* et *d'Eylau* à ensevelir
dans les flots une vie qui fut bien glorieuse! Quand Gros exposa
Diomède, et quand Walter-Scott eut publié le comte de Paris,
le rôle de la critique devait se borner à garder un silence absolu.
Mais non, on ne veut se souvenir de rien en France; il faut *faire
de l'esprit* sur toutes choses, de la raillerie, des calembourgs! Et
des gens qui vivent d'infamie vous assassinent moralement un
homme périodiquement tous les matins; et, quand cet homme
s'est coupé la gorge ou jeté par une fenêtre, on reprend une nouvelle victime, et la loi est impuissante pour atteindre ces misérables! et le public n'en fait pas justice!

— Je ne trouve qu'un défaut dans votre his_
toire, Luigi, dit de Jars ; mais il est assez
grave, mon cavalier : vous êtes républicain en
diable !

— *Sicurramento.*

— C'est fort dangereux.

— Les républiques font éclore une foule de
grands hommes, ajouta le jeune avocat de Normandie ; et, sous de pareils gouvernemens, les
âmes d'élite ne sont pas méconnues ni humi-
liées !

— Nous parlerons de cela une autre fois,
mes jeunes têtes, dit le sire de Roiville ; je vous
invite à souper tous pour demain ; j'aurai les
vins les plus exquis, et je suis sûr que nous
débaucherons M. de Bassompierre.

— Bon ! repartit de Jars ; c'était le meilleur
moyen, au reste ; un duel, un festin, un assaut
ou des femmes superbes, avec cela on attirerait
M. le maréchal jusqu'à la Cochinchine.

— Et nous aurons de plus l'histoire de ta
cousine, dit le marquis.

— Oh! c'est vrai; j'oubliais madame de Saint-Clair, par la mort-Dieu!

— Il pourra peut-être aussi nous dire quelques gentillesses à propos de madame de Gravelle, ajouta le médisant abbé d'une petite voix en s'en allant le dos baissé, comme s'il eût craint des coups de bâton.

LXV

Autres Mœurs.

> J'aime à promener mon imagination d'un bout
> du monde à l'autre.
>
> ARIOSTE.

Madame de Gravelle était peu novice en l'art
de la galanterie ; mais elle possédait cette fois
un dangereux qui avait fait pâlir d'effroi les fameux *dix-sept*, avec bien d'autres encore ; et,

malgré toutes ses séductions et ses efforts, le bonheur ne dura guère.

Bassompierre, ainsi que le sire de Roiville l'avait prévu, n'eut garde de manquer au souper. Le souper est le repas de la joie, du plaisir ; c'est un gai festin, qui provoque l'esprit, les bons dires ; on a de l'entrain aux flambeaux ; les cristaux étincellent, les vins pétillent, les yeux lancent des flammes, les soucis ont fui, la préoccupation de la journée a cessé ; on est libre enfin ! — Et c'est si beau la liberté !

Le sire de Roiville avait régalé fort splendidement ses compagnons d'infortune, et le maréchal était en belle humeur.

— Quel dommage que vous n'ayez pas entendu l'histoire florentine de Luigi, dit tout à coup le chevalier de Jars à Bassompierre, elle est des plus intéressantes et des plus dramatiques.

— Mais le fameux Michele de Lando est républicain en diable, ajouta Cramail.

— Michele de Lando, repartit Bassompierre,

ce fut un grand citoyen. Machiavel le place
bien haut dans son admirable Histoire de Florence.

— Luigi vous en dira quelque chose quand
vous aurez le temps de l'entendre, dit le chevalier. Mais à propos de plaisir, monsieur le
maréchal, et cette fameuse histoire de ma
cousine?

— Oh ! oui, l'histoire de la belle marquise
de Saint-Clair, ajouta M. de Leuville.

Et dix voix se joignirent à celles des deux
amis.

— Plus tard, messieurs, répliqua Bassompierre; ce soir, vous êtes d'une gaieté folle,
les vins généreux de M. de Roiville vous ont
débauché l'imagination ; une galanterie mystérieuse, dramatique et terrible, vous convien-
dra bien mieux qu'une galanterie bouffonne.

— Voilà une cousine très malencontreuse,
mon pauvre chevalier, dit l'abbé de Foix à son
piquant antagoniste.

— Vous me faites acheter bien cher mon droit de parenté avec vous, monsieur le maréchal, repartit le jeune homme d'un air assez triste.

— Allons, cher cousin de mon cœur, répliqua Bassompierre en riant, n'ayez garde de vous désoler; vous l'aurez quelque soir, cette bonne et joyeuse histoire; mais je veux avant vous raconter une aventure singulière qui m'arriva lorsque j'allai faire la guerre contre les Turks.

— Vous verrez qu'il a débauché les sultanes, le dangereux! s'écria M. de Foix, que le vin d'Italie rendait aimable.

— Allons, l'abbé, du silence, dit Cramail d'une voix de marinier. Si Bassompierre bronche à propos des harems ou des coutumes de l'Orient, je vous l'arrête tout court. Vous savez que j'ai fait partie de l'ambassade de M. de Brèves....

— C'est bon, c'est bon, mon vaniteux, répliqua le maréchal ; on sait l'histoire de la pipe de votre bostangi, et vous êtes bronzé sous ce rapport. — Donc, videz vos verres, et daignez m'entendre.

Alors le maréchal raconta la singulière histoire que voici :

LXVI

La Morlaque de Spalatro.

LE PORTIQUE DU TEMPLE D'AUGUSTE A POLA.

> Des hommes de fer, des âmes de feu !
> voilà les Dalmatiens !...
>
> *Chant national.*

« Vers l'an 16.., dit-il, j'étais allé, poussé
par la curiosité, ce beau sentiment de la jeunesse, faire la guerre aux Turks, en compagnie
et sous le drapeau des nobles et braves Hon-

grois. Des circonstances assez futiles que j'ai
oubliées amenèrent une trève, et nous voilà au
beau milieu du mois d'août ne sachant que
faire.

« La vie d'un camp est triste quand l'inaction est complète, quand on est loin des grandes
cités et surtout de sa patrie. — Le jeu est la
seule ressource qui nous soit offerte; encore
dure-t-elle peu. — Le jeu est une espèce de
prêteur sur gages qui vous fournit de l'argent
et du plaisir pendant quelque temps, puis finit
par vous désespérer et vous ruiner.

« Un gentilhomme de mes amis, mûri par
l'expérience, savait parfaitement ces choses, et
il me proposa de l'accompagner chez lui, d'où
nous partirions pour visiter l'Istrie et la Dalmatie.

— « Vous verrez des peuples indomptables,
me dit-il, et je crois qu'ils sont curieux à étu-
dier.

— « Ma foi, répliquai-je enchanté, j'accepte.

« Deux ou trois autres officiers se joignirent à nous, et le lendemain, très joyeusement, on se mit en route.

« Nous traversâmes la Save à Kuskfeld ; et, après avoir franchi les montagnes de la Basse-Carniole, nous vînmes chez mon ami, à Lipa, point de départ de notre voyage projeté.

« Comme il s'agit cette fois, messieurs, d'une longue et périlleuse excursion à travers des populations barbares et des contrées qui furent dans l'antiquité un foyer civilisateur, je tâcherai de suppléer à mon langage frivole d'homme de cour la parole grave, sévère et instructive d'un voyageur sérieux ; cela m'arrive rarement ; et, comme la diversion est parfois bonne, je pense que vous me pardonnerez d'empiéter sur les domaines du grand Peiresc. — Ici, d'ailleurs, je n'ai point à craindre les De Mars. (1)

---

(1) Beaucoup de personnes ont crû que la scène de ce méchant Aristarque, si vigoureusement flagellé par Bassompierre, à la fin

« Un beau matin, nous partîmes du château
de Karlitz, et, après avoir franchi le majestueux

---

de notre premier volume, était une satire sanglante dirigée contre
un écrivain moderne, et cela parce qu'il vit aussi de fiel afin de se
faire un tout petit nom qui est le même; parce qu'il a dix-huit
ans, et qu'à cet âge il fait la critique de l'histoire dans une grande
revue, ce qui est une chose assez misérable et ridicule, soit dit
en passant! On a dû, sans nul doute, être trompé par la simili-
tude des noms et des choses. Nous avons fait, à cause de cela, des
recherches fort longues, passablement savantes et ennuyeuses,
sur Jehan Laurent De Mars. Un honorable antiquaire de province,
notre confrère ès-académies de Caen et de beaucoup d'autres
grandes cités, a bien voulu compulser les registres de l'état civil
de Quimper-Corentin. Le De Mars, ce drôle que Bassompierre
voulait bâtonner, habita Paris jusqu'au printemps de 1640; qu'il
en partit le 21 avril à neuf heures du matin par le pot-de-chambre
allant à Pontoise. Arrivé là, le De Mars devint successivement
laquais d'un compilateur imbécile, maître d'école et chantre au lutrin. Sa jalousie et sa langue envenimée lui attirèrent bon nombre
de horions; et, comme le grand chantre avait plus de succès que
lui auprès des honnêtes bourgeois de Pontoise, l'envie le prit à
la gorge, et il se laissa crever, sans hoirs ni héritage, un beau
matin du mois de mai 1645, le vendredi 17 à midi. De magnifiques funérailles ne lui furent pas faites, mais le grand chantre
lui fit élever un tombeau modeste afin, sans doute, de pouvoir y
graver cette superbe épitaphe burinée profondément pour durer
de longues années :

> Ci gît JEHAN LAURENT DE MARS l'hypercritique ;
> Va, passant, mon ami, tu peux fermer les yeux,
> Et, sans dire un *ave*, regagner ta boutique :
> Ce fut un méchant envieux !

Monte-Maggiore, nous arrivâmes à une petite
ville appelée Capo-d'Istria. ·

« Durant ma laborieuse vie scolastique,
j'avais lu Strabon, Callimaque et la vie orageuse
de Dioclétien ; les étonnans récits de ces écrivains illustres revinrent en foule assiéger ma
penséé. J'étais donc enfin sur la terre illyrienne, sur ce sol témoin de tant de prodiges !
Pola, cette fière et superbe république, Ande-
trium, Salone, Epidaure, allaient m'apparaître !
Oh ! mon cœur battait avec une violence infinie !
Quelle magie que celle des noms historiques !
Là, c'était une colonie venue de l'Arcadie ; là,
vivaient les descendans de ces Argonautes aventureux ; que sais-je enfin ? et des temples grecs
avec leurs statues merveilleuses, et des forte-
resses romaines, et des amphithéâtres ; et, au
milieu d'une barbarie révoltante, j'allais sans
doute retrouver quelques restes de cette admirable civilisation italique qui, en trois siècles,
remua le monde !

« Une déception incessante est attachée aux

pas des jeunes voyageurs que l'enthousiasme
entraîne; l'imagination de l'enfance est si fougueuse, si belle et si colorée, elle revêt de tant
de charme et de poésie les lieux où se sont
agités les héros et les dieux païens, que toujours elle trouve la réalité bien au-dessous de
ses rêves, si splendide qu'elle soit.

« Je ne tardai guère moi-même à faire cette
triste expérience.

« Nous quittâmes Capo-d'Istria, l'Ægida des
Romains, qui, plus tard, prit le nom de Justi-
nopolis, afin d'honorer Justinien, qui l'avait
embellie après les conquêtes de Narsès et de Bé-
lisaire. Notre caravane se composait de cinq
gentilshommes et de douze serviteurs, tous
armés. Le baron de Karlitz, connaissant parfaitement le pays, nous servit de guide, et la petite
troupe s'engouffra dans une gorge de montagnes dont l'aspect effraie. Toute trace de végétation est morte; quelques genévriers bien ra-
bougris, du thym sauvage et des bruyères,
croissent seuls dans les intervalles des calcaires

blancs, quand il s'y trouve une légère couche de cinabre. Un long jour s'écoula au milieu de ces solitudes désolées, et, le soir, nous fîmes halte à Porto-Lé, une grosse bourgade escla-vonne.

« Le quatrième jour, après avoir traversé successivement Montona, Codroïpo, Pisino et Galisano, nous nous avançâmes vers la mer, et je vis, dans la direction de l'Epire, de grandes masses *albâtreuses* qui se dessinaient sur des pointes d'îles et des flancs de collines. A mesure que j'avançais, chaque masse prenait une forme distincte, arrêtée ; et le soleil s'abaissa rapide-ment derrière un petit promontoire, puis, je vis, aux chaudes lueurs de ses derniers rayons, l'antique et célèbre ville de Pola, semblable à une presqu'île entre ses deux portes.

— « Enfin, m'écriai-je en m'adressant à mes compagnons, voilà donc la cité des *hommes bannis ;* (1) voici l'admirable amphithéâtre que

(1) POLA, en langue colche, signifie *hommes bannis ;* et Stra-

le roi des Goths, Théodoric, sauva de la destruction et restaura. Quel majestueux édifice !
comme il atteste la puissance d'un grand
peuple ! quelle élégance dans ses gigantesques
proportions ! quelle pureté dans ses détails !
Oh ! messieurs, c'est une des plus belles œuvres
de l'architecture antique, et le cœur saigne
quand on songe qu'il étale sa magnificence au
milieu d'un désert !

« Je vous ai parlé des déceptions qui accom-
pagnent le voyageur. Quand nous arrivâmes à
Polà, cette ville qui compte douze temples
antiques ou restes de grands édifices, cette ville
qui fut le siége d'une république fameuse, nous
ne trouvâmes pas une hôtellerie pour nous
loger. La sanglante guerre des Uscoques contre

---

bon, à propos de cela, partage la pensée du célèbre poëte de
Cyrène. Plusieurs écrivains de l'antiquité croyaient que cette
ville avait été bâtie par une colonie venue de la Colchide à la recherche des Argonautes.

Voy. *Callimachus*, *Fortis*, *Cassas*, et, pour plus de détails,
mon *Voyage en Illyrie*, UN AN SUR LES CHEMINS, t. II, p. 255.

les Turks et la république de Venise avait
amené à Pola un assez grand nombre de familles des petites îles de l'archipel dalmatien,
et ces malheureux campaient sur la place publique, le long des maisons qui bordent le
port ou dans les galeries de l'amphithéâtre.

« Une famille de mariniers de Spalatro s'é-
tait abritée sous le portique d'un temple consacré à Auguste César; je demandai au patron
de la fuste ou petite galère s'il voulait con-
sentir à me céder la moitié de la colonnade,
mais il me refusa durement; le podestat, sachant qui nous étions, nous traita en patriciens,
et fit chasser les mariniers par sa garde alba-
naise, pour nous mettre en possession du portique protecteur.

« Parmi les bannis se trouvait une femme
de haute taille, campée comme une statue;
ses vêtemens flottans trahissaient des formes
superbes; son mezzaro blanchâtre cachait à
demi sa figure expressive et ses beaux cheveux
noirs; mais elle le rejeta en arrière lorsqu'elle

descendit les degrés du propylée, et ses yeux
s'arrêtèrent sur moi avec une expression de
reproche plein de mélancolie. — Le patron, au
contraire, murmurait des paroles de vengeance,
et me regardait d'un air farouche.

« Quand le podestat se fut éloigné, j'allai
vers cet homme qui s'entretenait familièrement
avec la Dalmate.

— « Patron, lui dis-je avec bienveillance,
tu avais été injuste envers des voyageurs·fati-
gués, et ton injustice t'a fait dépouiller; mais
je ne veux pas que mon arrivée en ce pays te
fasse souffrir. Reviens sous le portique, et
mets-y de nouveau tes nattes et la voile qui
te sert de tente; — nous partagerons en frères.

« La belle Dalmate changea subitement d'attitude, et s'approcha de moi.

— « Vous êtes un noble seigneur, me dit-elle.

— « Le patron de la galère, tout confus
de cette générosité mesquine, hésitait; mais
son naturel l'emporta.

— « Que Dieu vous fasse heureux si déjà vous

ne l'êtes, ajouta-t-il en me prenant la main qu'il porta à ses lèvres ; j'accepte pour Teuta que voici et pour nos autres femmes. Vous êtes meilleur que moi, et vous m'avez épargné une mauvaise action, car je me serais certainement vengé.

« Par là, je pus facilement me convaincre combien il serait dangereux de heurter de pareils caractères ; et, résolu d'agir avec une extrême réserve, je m'installai avec mes compagnons sous ce magnifique propylée corinthien.

« La nuit, il me fut impossible de me livrer au sommeil ; j'avais l'imagination excitée par les grandes choses dont j'étais entouré. — Je m'amusai, dans mon insomnie, à plonger mes regards dans les âges écoulés ; je refis toute l'histoire de Pola et de ce monument si gracieux, si beau de proportions.

— « Là, disais-je, on rendit des honneurs divins au nom d'Auguste ; et ces frises délicates et ces hautes colonnes furent ouvragées en commémoration de la victoire d'Octavien sur

le jeune Pompée, — la rage et les pleurs d'un
côté, l'allégresse et le triomphe de l'autre ;
c'est l'histoire de toutes les grandes choses !

— « Plus loin, vers ces longues murailles
grises que le temps déchire chaque jour comme
s'il était honteux des actions atroces qui y
furent commises, Constantin fit empoisonner
Crispus son fils, jeune guerrier déjà célèbre
par ses victoires en Occident, et sur Licinus
dans l'Orient. — Noble et malheureux héros !
la fatalité t'avait jeté sur le passage de Fausta,
une autre Phèdre ; et cette odieuse marâtre, qui
prostitua le plus noble sang du monde, devait arrêter bien vite le nombre de tes glorieux jours !(1)

(1) Après la mort de Crispus, Hélène, mère de l'empereur,
épia la rigide Fausta, et découvrit qu'elle se prostituait aux plus
vils d'entre ses esclaves. Voilà, mon fils, dit alors Hélène à
Constantin, la conduite de cette Fausta pour laquelle vous avez
empoisonné Crispus, notre espérance à tous !... L'empereur,
épouvanté de son crime, fit plonger sa femme dans un bain d'eau
bouillante qui l'étouffa. Telle fut la fin tragique de cette Fausta,
la plus *noble femme* que la naissance ait jetée sur un trône impérial. Elle était fille d'empereur, femme d'empereur, sœur d'empereur et mère de trois empereurs !

« A la fin, ces souvenirs sanglans m'attris-
tèrent, et je m'endormis en songeant à Teuta,
la belle Dalmate au mezzaro blanc. »

— Enfin nous y voilà, dit l'abbé de Foix
en interrompant, l'amour va désormais courir
la poste.

— De grâce ! écoutez, ou je me tais, monsieur, dit Bassompierre avec un peu d'humeur.

— Ces diables de souquenilles noires, repartit le chevalier.....

— Paix ! messieurs, fit Cramail.

Alors le maréchal reprit son récit :

« Quand les premiers rayons du soleil vinrent
jeter leur lumière au front du temple d'Auguste, tous les Dalmates se levèrent, et Giorgio
Sigorisch, le chef de la famille, me souhaita
un jour heureux.

— « Dieu vous le rende ! brave Giorgio, lui
dis-je, et puissent vos enfans devenir des
hommes courageux et pleins de vertus !

— « Le courage est commun à tous les Dalmates, répliqua-t-il avec fierté. — Quant aux

vertus, n'en parlons pas : ce que les hommes
du Nord qualifient ainsi est regardé chez nous
comme une faiblesse ; et , par contre , nos
vertus, peut-être , leur semblent de la violence,
ou même des crimes.

« Et sa bouche, se contractant subitement,
exprima un âcre dédain.

« L'homme singulier qui me parlait ainsi
pouvait avoir quarante ans. Sa voix était rauque,
sa stature puissante. Ses longs cheveux noirs
et brûlés tombaient en mèches épaisses sur son
cou cuivré : ses yeux étincelaient ; son nez re-
courbé, sa bouche arquée et ses longues mous-
taches pendantes annonçaient l'audace et la
férocité. Une fierté dédaigneuse perçait dans
tout son ensemble ; il s'enveloppait avec un
art infini dans son large manteau brun, brodé
de vert et de rouge. Un haut-de-chausses blanc,
dessinant sévèrement les formes, une veste
bleue, des sandales aux pieds , attachées avec
une infinité de courroies, une petite calotte
noire sur le sommet de la tête ; un riche

poignard trouant la ceinture, un long fusil
derrière l'épaule : tel était, dans son ensemble,
l'ajustement de Giorgio Sigorisch, patron d'une
grande fuste de Spalatro.

« Ses compagnons et en général toutes les
hordes qui campaient à Pola portaient ce costume pittoresque, de même que les femmes
étaient toutes vêtues comme Teuta, la belle
Dalmate. (1)

« Après les ablutions, la voile fut relevée,
et Teuta apparut toute riante avec ses beaux
cheveux noirs flottant à l'air, avec sa robe
gréco-turque, mollement serrée à la taille par

---

(1) On ne sait pas trop à quelle époque remonte le costume des
Esclavons et des Dalmates. Ce qu'il y a de certain, c'est que ce
costume pittoresque est celui que portaient les premiers Croisés
qui, de l'Allemagne, se dirigèrent par l'Istrie, la Dalmatie et
l'Epire, sur Constantinople. Peut-être l'ont-ils adopté à cette
époque. Ils n'ont conservé de la domination romaine que les sandales liées au-dessus de la cheville du pied par cent courroies
vertes et rouges. J'ai visité ces contrées, il y a quelques années,
et j'ai pu me convaincre que ni les idées, ni les mœurs, ni les
coutumes n'avaient changé depuis les voyages de Cassas, de Spon,
de l'abbé Fortis, de Sancowich et de l'excursion romantique de
Bassompierre.

une ceinture garnie de petites boules d'argent ; ses épaules et sa gorge étaient découvertes , et il me sembla que son sein se soulevait violemment quand je m'approchai d'elle.

« Comme cette femme m'intéressait déjà bien vivement , je m'adressai à un Esclavon de Pola qui semblait très familier avec elle ; et voici ce que j'appris :

LXVII

Teuta [1].

> L'amour est souvent bien noble chez les sauvages ou les barbares. Seuls, les êtres policés introduisent l'égoïsme et le calcul dans l'amour.

— « Teuta, me dit-il, est étrangère à la race dalmatienne ; c'est une Morlaque, mais

---

(1) Malgré leur décadence, les Illyriens et les Dalmates ont conservé les prénoms romains et grecs. Quoiqu'ils soient,

une Morlaque des grandes hordes du Vergoraz. Toute sa famille ayant péri dans un combat contre les Turks de l'Herzégovine, elle oublia qu'elle était femme ; et, s'emparant du kandjar

---

comme les Turks, ignorans des grandes choses de leur histoire, il n'est pas rare d'entendre appeler un paysan dalmate Caïo, Tiberio, Posthumio, Docléo, pour Dioclès ou Dioclétianus, et, parmi les femmes, Livia, Julia, Fausta, Teuta.

Teuta, cette fameuse reine de l'Illyrie, a été oubliée, on ne sait trop pourquoi, par tous les biographes. Tutrice de son fils Pinée, elle protégeait ses sujets qui désolaient la mer Adriatique par leurs pirateries. La république romaine, voulant arrêter leurs déprédations, envoya vers Teuta Lucius Ceruncanius, qui, choqué de la réception hautaine de cette femme, lui dit avec une noble fierté : — « Les Romains punissent par des châtimens les torts « des individus, soit nationaux, soit étrangers. Teuta, la répu- « blique saura vous apprendre à corriger les abus d'un gouver- « nement aussi injuste que le vôtre. » L'Illyrienne, comptant sur son peuple féroce, dissimula son ressentiment, et, souriant aux ambassadeurs, elle les congédia. A peine furent-ils à deux stades de son palais, qu'elle les fit massacrer.

Le sénat, outré de cette barbarie, déclara la guerre aux Illy- riens avec une étonnante solennité. Une flotte nombreuse cingla vers la Dalmatie, sous les ordres du consul Fulvius Centumalus, tandis que l'autre consul, Posthumius Albinus, à la tête d'une armée de terre, pénétrait dans le cœur de l'Illyrie.

Teuta, engagée dans une guerre désastreuse avec les Thessa- liens, fut effrayée du grand orage qui allait fondre sur elle. Ou- bliant sa fierté, elle s'abaissa, et demanda la paix. Mais bientôt elle trompa de nouveau les Romains, qui, lassés de la conduite

de son frère, elle poussa un cri de vengeance, rallia les Morlaques dispersés ; et, après avoir fait un grand carnage des Turks, elle les repoussa jusque vers la rivière de Xabiac, presque sous le canon de Mostar.

« A quelque temps de là, elle vint à la foire d'Almissa, une petite ville qui trafique avec Spalatro. La bravoure est chez nous, seigneur, la première des vertus. Jugez quel dut être le triomphe de Teuta ! Sa renommée l'avait précédée à Almissa ; on l'entoura d'hommages, on donna des fêtes ; et Pier Marcovich, notre grand poète national, composa pour elle des chants superbes.

« Vous avez vu comme elle est belle, seigneur étranger ! Marco Sigorisch, le frère du patron,

de cette reine perfide, envahirent son royaume, le déclarèrent tributaire de la république, et en démembrèrent la partie la plus profitable à Rome. A ces conditions, le sénat consentit à replacer Pinée sur son trône. Teuta dut renoncer à sa régence, et les consuls confièrent cette femme à l'homme qui l'avait trahie, à un certain Démétrius de Pharos, qui, par prudence, l'envoya mourir dans une des îles de l'Archipel.

vint aux fêtes des Almissans. Teuta le séduisit; et, bien qu'elle fût Morlaque, il l'épousa. Il est vrai, seigneur, que Teuta est de la race du Vergoraz. (1)

« Marco était un franc lion de mer; il se battait indistinctement contre les Turks, les Siciliens, les Anconitains et les Vénitiens. Dieu sait et les flots aussi, combien de barques et

---

(1) Il y a deux races de Morlaques. Ceux de *D*⋯*aré* et des montagnes du Vergoraz sont ardens, fiers et téméraires; leur taille est élancée, leur visage long, leur carnation jaunâtre. Ils vivent de brigandage, et s'adressent de préférence aux Turks. Ce n'est que lorsque la faim les pousse qu'ils s'adressent aux Chrétiens. Ils sont cauteleux, comme les anciens Grecs, et n'assassinent pas volontiers comme les Monténégrins et les Thessaliens. Si on réclame leur protection, ils vous assisteront au péril de leur vie mais malheur à vous, si vous ne vous fiez pas entièrement à eux !

Les autres Morlaques habitent les plaines de Kning, de Scign, et les fraîches vallées de Kotar. Ceux-ci sont affables, hospitaliers, humains et peu belliqueux; ils sont trapus, de petite taille; ils ont la face large, le teint éclatant, les cheveux d'un blond sale, les yeux bleus et le nez écrasé.

Généralement, les Dalmatiens ont un mépris extrême pour ces races infortunées jetées là par quelque révolution bien éloignée de nous. Ce sont les Parias de l'Europe, où, depuis long-temps, l'égalité devant les lois devrait régner, et où les préjugés à propos des races auraient dû disparaître.

de spéronares il a coulés bas, le digne Marco !
Mais il faut que tout finisse en ce monde, et
mon Sigorisch est allé rejoindre ses ennemis.
Une galère vénitienne l'a fait sombrer en face de
Zante, à ce qu'on dit, car il n'a jamais reparu.

« Et la belle Teuta est restée veuve, mon
noble seigneur, après trois semaines de mariage; puis, à propos de je ne sais quelle ba-
gatelle, Giorgio a dû venir ici passer une cou-
ple de mois, et il a pris avec lui sa belle-sœur,
qui depuis son mariage résidait à Spalatro.

« Voilà toute son histoire, seigneur.

— « Merci, Schiavone, dis-je à cet homme;
je suis comme toi, j'aime la bravoure, et cette
femme mérite d'être admirée... et adorée, ajou-
tai-je au fond de mon cœur, car elle est bien
belle !

« L'Esclavon venait à peine de s'éloigner
quand Teuta, intriguée sans doute par cette
confidence, s'approcha de moi et me demanda
franchement quelles affaires je pouvais avoir
avec ce pauvre Schiavone.

— « J'étais curieux de savoir qui vous étiez, belle Teuta, et il me racontait votre histoire.

« Ces mots la firent pâlir et une larme vint rouler sur ses longs et brillans cils noirs.

— « Ainsi vous savez, me dit-elle en respirant à peine, vous savez que je suis Morlaque !

— « Je sais que vous êtes l'admirable Teuta qui a vaincu les Turks au combat de la Xabiac ! répliquai-je. Voilà ce que je sais. Puis tu es belle et ardente, et.... je t'aime.

« Elle eut un mouvement brusque, et ses yeux étincelans s'arrêtèrent sur les miens avec une expression de joie indescriptible.

« Puis, saisissant mâ main rapidement, elle me dit d'une voix vibrante :

— « Vous n'êtes donc ni un baron autrichien ni un patricien de Venise !

— « Ni l'un ni l'autre. Je suis un gentilhomme du beau pays de France.

— « De France ! fit-elle avec une naïveté charmante; je ne connais pas ce pays. Mais les hommes sont-ils courageux en France? et les femmes y savent-elles aimer?

— « Oui ; mais en quelque contrée que ce soit, peu de femmes auraient imité ton courage, Teuta.

— « J'avais mon père et mes frères à venger, ma race à défendre, et mon honneur peut-être !

— « Tu aimes la vengeance !

— « Oui.

— « Ce n'est pas une passion de femme, Teuta ! L'âme des femmes belles comme toi ne devrait s'ouvrir qu'aux tendres pensées ou au souffle ardent de l'amour.

— « Oh ! si j'étais aimée !.... dit-elle.

— « Eh bien ! songerais-tu encore à la vengeance ?

— « La femme n'a pas deux grandes passions à la fois ; si j'étais aimée, tout le feu qui me dévore alimenterait mon amour ; car l'amour, c'est le soleil du cœur.

— « Je pense comme toi, noble bannie.

— « Et les femmes de votre pays, seigneur ?

— « Beaucoup ont aussi cette pensée ; mais ou l'énergie leur fait souvent défaut, ou le pré-jugé glace les élans passionnés de leur cœur.

— « Alors le ciel de France est triste, et il y fait froid.

« Cette remarque de l'ardente Morlaque me fit sourire, et je ne pus m'empêcher d'applau-dir mentalement à une observation si fine.

— « Mais, reprit-elle, pourquoi êtes-vous venu ? La France est bien loin de Pola.

— « Oh ! oui, bien loin ! Mais je suis un homme de guerre, et j'ai voulu combattre les Turks.

— « Alors vous êtes ambitieux et brave. Un Morlaque va des sommets du Vergoraz aux plaines de Mostar ou de Kukserim, mais il ne fait pas quinze cents milles pour donner ou re-cevoir la mort.

— « Oh ! tu es belle et éloquente, Teuta, lui dis-je d'une voix passionnée ; je bénis le destin qui m'a jeté sur ces lointains rivages où je t'ai rencontrée; — tu es belle, et je t'aime !

— « Hélas ! répliqua-t-elle avec désespoir, demain je vous quitterai, car Giorgio Sigorisch lève l'ancre, et nous ferons voile pour Spalatro.

— « Pour Spalatro ! C'est le but de mon voyage, m'écriai-je.

« Son œil perçant plongea jusqu'au fond de mon cœur, afin de s'assurer si je ne la trompais pas ; mais cet examen rapide me fut favorable ; et, d'une voix mal articulée, elle murmura ces mots :

— « Resterez-vous long-temps dans ce pays ?

— « Peut-être.

— « Ah ! *Marie-mère*, sois bénie ! Eh bien ! moi aussi je t'aime, mon beau seigneur !

« Ses yeux noirs lançaient des éclairs, son teint foncé s'anima, son sein se soulevait avec violence; j'aurais voulu être avec cette femme étonnante au milieu d'un désert ou perdu dans

les massifs ombreux qui bordent les magnifiques cascades de la Kerka. (1)

« Tout à coup, après cet aveu passionné,
après cette excitation fougueuse, elle me quitte
sans murmurer une parole, et s'élance d'un
pas rapide vers le port, saute dans la fuste,
et va se mêler au reste de la tribu dalmatienne.

« Me voilà encore une fois singulièrement
amoureux ! Pour moi, qui adore la diversité,
les contrastes, j'étais servi à souhait. Il y avait
assurément une différence inouie entre les mi-
gnonnes et spirituelles marquises de la place
Royale et cette fière et farouche Teuta ; comme
cœur, au fond, c'était à peu près de même, il
est vrai ; j'ai parfois, à Paris, malgré la tristesse du climat, vaincu aussi vite que sous le
ciel éclatant de la Turquie d'Europe.

« Je fis comprendre à mes amis, et surtout

---

(1) Les cascades de la Kerka sont à peu de distance de Scardona en Dalmatie ; c'est un des plus beaux spectacles du monde.

au baron, que nous ne pouvions pas trouver une occasion meilleure que celle de Sigorisch pour aller à Spalatro. Les Uscoques infestaient la mer, et, après tout, il était plus sage de naviguer sur une espèce de galère armée que de prendre une méchante spéronare illyrienne pour explorer l'archipel de Dalmatie.

« Tous mes compagnons adoptèrent ma proposition à l'unanimité ; et, après ce léger triomphe, qui tournait si fort à mon profit, je m'en allai plein de joie, trouver Giorgio, afin de négocier notre course avec lui.

« Sur ces entrefaites, un colloque mystérieux avait lieu sous la *porta aurea* (la porte d'or), une merveille d'architecture corinthienne. (1)

---

(1) Cette œuvre délicieuse fut le témoignage de l'amour d'une femme pour son époux ; l'inscription annonce que cet arc funèbre fut élevé aux frais de Salvia Postuma, et consacré par elle à Sergius Lepidus, édile.

Voyez mon *Voyage en Illyrie* : UN AN SUR LES CHEMINS, tome II, page 258.

« Il y avait là trois Dalmates de l'équipage
de la galère. L'un était Tiberio Sigorisch,
frère du patron, les autres étaient cousins de
cet homme et avaient pour nom Ceco et Armolusich.

« Tiberio Sigorisch, pour la cruauté, digne
en tout point de l'empereur dont il portait le
nom, fit comprendre à ses dignes compagnons
que mes amis et moi nous devions être une
proie excellente. — Ils viennent de loin, leur
dit-il, et vous savez vous autres que les seigneurs portent beaucoup d'argent quand ils
font de longs voyages; essayons de leur tendre
un piége; celui qu'ils nomment Francesco, —
c'était moi, — paraît curieux comme un Vénitien; il rôde tout le jour le long des temples
et de l'amphithéâtre; toi, Armolusich, dont
la langue est dorée comme celle d'un marchand juif, enlace-le dans tes rets, dis-lui
que Spalatro est tout plein d'amphithéâtres,
de temples, de palais; dis-lui que les femmes y
sont belles, que toutes l'aimeront..... Ah ! si

Teuta voulait, elle qui séduisit mon pauvre frère Marco; Teuta, avec ses yeux de flamme, nous l'amènerait dans notre galère, et alors, vous comprenez... en mer. — On dit au provediteur que les Uscoques ou les Turks nous ont attaqués..... qu'on avait à bord des seigneurs étrangers, courageux comme des Vénitiens; — qu'ils se sont battus comme des lions, mais que la fortune leur a été contraire. — Vous comprenez.

— « Bien trouvé, répliqua Armolusich; je me charge de les piloter à bord.

— « Et je m'en vais de ce pas trouver Teuta; il faut qu'elle emploie sa beauté à captiver ce seigneur Francesco qui semble la regarder d'un bon œil; puis je ferai la leçon à Giorgio, car il a parfois des idées à propos de l'hospitalité, de ce qu'il nomme sa foi antique, qui sont parfaitement ridicules pour de francs pirates, — bien que nous courions les mers sous le pavillon de saint Marc.

« Ceco, beaucoup moins corrompu, demeura silencieux, et suivit ses deux compagnons au port.

« Je venais de conclure mon marché avec le patron Sigorisch, qui m'avait fait boire dans sa coupe (1), afin de me protéger même aux dépens de sa vie, quand son frère survint avec les deux Dalmates. Armolusich s'approcha de moi d'un air cauteleux, un air qu'envieraient bien des diplomates ; et, je dois le dire maintenant, Tiberio n'avait pas trop vanté ses talens : il joua son rôle avec une habileté consommée. — Mais je le remerciai en lui disant que j'allais aller jouir des merveilles qu'il m'annonçait, que je partais avec eux.

« A ces mots, les yeux de Tiberio s'animèrent comme des escarboucles sur lesquelles tombe un rayon lumineux ; ses ardens désirs s'accomplissaient sans efforts. On eût dit qu'un fatal destin nous poussait vers lui, et il souriait d'avance à son projet criminel. Teuta, cette

---

(1) Le *buhahra* des Morlaques et des Dalmates.

fière Morlaque qu'il haïssait en secret, qu'il redoutait même, Teuta ne le verrait pas s'humilier devant elle, et déjà sa pensée avide combinait les moyens à employer pour jouir avec sécurité du fruit de son crime.

« D'autres passions enivraient de joie la superbe Morlaque ; elle s'était parée de ses ajustemens les plus magnifiques ; elle semblait folle de bonheur. Ceco, qui l'aimait mystérieusement d'un amour profond, ne savait à quoi attribuer cette joie subite et immodérée, elle presque toujours si grave et si triste. — Tiberio, pensa-t-il, lui a peut-être déjà confié sa pensée meurtrière. Oh ! si la mort de ces confians étrangers est capable d'exciter en elle une gaieté pareille, je dois refouler ma passion au fond de mon cœur ; je ne voudrais pas d'une telle compagne. Ceco fait un horrible métier par suite de cruelles circonstances ; mais Ceco n'aime pas à voir égorger des malheureux sans défense.

« Il se trompait singulièrement, le Ceco.

« Nous allâmes tous dormir à bord; le lendemain, au lever du soleil, un vent frais souffla de terre, les voiles se déployèrent rapidement; et, franchissant le promontoire de Pomet, nous prîmes la haute mer, et cinglâmes vers Spalatro.

« La fuste n'avait pas fait trente milles, que je savais déjà que nous étions au pouvoir des plus hardis pirates de l'archipel dalmatien... »

— Ah! mon Dieu, fit Cramail, et que vous arriva-t-il, monsieur de Bassompierre?

LXVIII

Les Pirates.

> Une voile! une voile! Les pirates espèrent
> déjà que c'est une prise.
>
> Lord BYRON. *Le Corsaire.*

« Notre fuste allait sous toutes ses voiles,
poursuivit le maréchal, mais le vent la favorisait beaucoup moins que durant la matinée;
nous étions à la hauteur du golfe de Quarnero,
quand la vigie cria d'une voix vibrante :

— « Felouque en mer !

« L'effet produit par cette simple parole fut extraordinaire. Toutes les figures bronzées des matelots s'animèrent, et chacun s'empara de ses armes ; Giorgio, notre patron, dit quelques mots à voix basse à Tiberio et à son digne complice Armolusich, mais son injonction fut méconnue par les deux scélérats qui se préparèrent au combat.

— « Qu'y a-t-il donc pour vous mettre si fort en émoi ? demandai-je à Tiberio.

— « Tenez, répondit-il en étendant son bras dans la direction de l'Archipel, voyez-vous ce point blanc, eh bien ! c'est une felouque turque.

— « Que vous importe cette felouque ? Nous sommes ici trois fois plus nombreux que son équipage, et les Turks ne songeront pas à venir vous attaquer.

— « Ce sera donc nous qui les coulerons, ser, répliqua-t-il d'un ton empreint de férocité ; en mer comme en mer !

— « Mais c'est horrible, cette conduite; et si cette felouque était vénitienne.

— « Trêve de morale, étranger, répliqua-t-il en s'éloignant. — Allons, aux rames, compagnons; et la chasse !

« Je courus vers Giorgio, qui semblait en proie à un violent embarras et faisait tous ses efforts pour sauver à nos yeux les apparences; mais son équipage était un composé terrible de forbans, d'Uscoques, de Dalmatiens déterminés; et quand ces hommes avaient ressenti la soif du butin, c'étaient des tigres auxquels il fallait de l'or et du sang !

« Giorgio me regarda d'un air farouche, et, d'une voix dure, il me dit que l'homme ne se faisait pas sa destinée; que, du reste, j'avais bu dans son bukâkra; et qu'un cheveu de ma tête ne tomberait pas tant qu'il pourrait se servir de son kandjar.

« Teuta était soucieuse et jetait sur moi des regards furtifs. Au milieu de la confusion que les rapides manœuvres font toujours naître, Ceco s'approcha d'elle, lui dit quelques mots d'un air sinistre, et rejoignit aussitôt son banc.

« Teuta, de soucieuse qu'elle était d'abord, parut singulièrement effrayée ; puis, rejetant en arrière les tresses de ses cheveux et son mezzaro blanc, elle accourut au milieu du pont, audacieuse comme une amazone, s'empara d'un pistolet, d'un kandjar et parvint ainsi jusqu'à moi.

— « Ser Francesco, me dit-elle d'une voix sourde, prends tes armes ; rassemble tes amis, tes serviteurs ; tenez-vous tous à l'arrière du navire, et, au moindre péril, frappez sans pitié !

— « Quoi ! vous aussi, Teuta, vous craignez une attaque ? Cette misérable felouque va fuir à notre approche comme l'hirondelle que poursuit un tiercelet.

— « Modère ta voix ; le péril est proche, Francesco ; tu es au milieu de tes ennemis !

— « Tu veux m'effrayer.

— « On n'effraie pas par plaisir ceux que

l'on aime ; et tu sais bien que je t'aime,
étranger.

— « Mais Giorgio Sigorisch m'a juré sa foi…

— « Giorgio n'est que la moitié d'un pirate,
c'est vrai ; mais, en mer, il est débordé par
Tiberio et les siens, qui sont d'audacieux scélérats. Ainsi, tiens-toi sur tes gardes, et joue
bravement ton rôle.

— « Je suis donc avec des écumeurs ?

— « Oui ! va, l'étendard de Saint-Marc voile
un grand nombre d'infamies.

— « Alors, que le ciel me soit en aide !

— « Teuta veillera sur toi avec des yeux d'a-
mante, Francesco, me dit-elle avec un sublime
enthousiasme ; et, à la moindre alarme, tu
verras en moi un auxiliaire terrible à tes ennemis ! Crois-tu, sans cela, que je t'aurais laissé
monter ce perfide navire ?

— « Merci, merci, noble femme, lui dis-je
en essuyant une larme d'admiration.

« Et avec le plus grand sang-froid du monde,
je rejoignis les gentilshommes hongrois, aux-

quels je confiai le péril qui planait sur nos têtes.

« Cependant notre fuste gagnait de vitesse sur la pauvre felouque aux blanches voiles, qui rasait les ondes comme un alcyon blessé; Tiberio semblait s'être arrogé le commandement du navire, et les rames tombaient dans les flots avec une précision rare et vigoureuse.

— « Allons, braves compagnons, s'écria-t-il, de l'ardeur! et tâchons de vaincre le vent. Il faut voir si la patente de la felouque est en règle.

« Puis il fit entendre un bruyant rire, que répétèrent tous les rameurs; et, se démasquant tout à coup avec une impudeur effrénée, il entonna d'une voix retentissante cette terrible chanson, que je n'ai jamais pu oublier :

LE CHANT DES PIRATES DALMATIENS.

« Allons, enfans de l'Archipel; les flots mugissent,
« la brise s'élève; vite, les voiles au vent; rameurs,

« à vos bancs, voici le soleil ! — En mer, en mer !
« c'est là notre patrie.

   « En mer, en mer, pirates dalmatiens !

   « Qu'il est beau, notre Océan ! Sa voix est puis-
« sante, mais indistincte ; il étouffe les cris des vaincus,
« engloutit les galères, efface le sang du carnage. —
« Rien ne séjourne à sa surface. — Qu'il est donc
« beau, notre Océan !

   « En mer, en mer, pirates dalmatiens !

   « Allons ! — que vois-je à l'horizon ? Des voiles
« triangulaires, un étendard rouge, — ce sont des
« Musulmans ! En avant, en avant les pirates !....
« Apprêtez vos mousquets, vos tromblons ; ayez la
« main sur la garde de vos kandjars ; hissez le pavillon
« noir, et songez qu'il faut vaincre ou mourir.

   « Courage, courage, pirates dalmatiens !

   « Pas de merci. Il faut que le sang colore l'azur des
« flots. Ce sont des Musulmans ! Allons ! que la
« mousqueterie vomisse la mort. Pas de pitié aux

« vaincus ; voyez-les tomber , écoutez leurs cris....
« Quelle rage , quelle désolation !

    « L'abordage , l'abordage , pirates dalmatiens !

    « Quel beau combat ! Pas un n'a survécu : équipage
« et tartane, tout dort sous tes flots, superbe Océan.
« A nous les doublons , les sequins et les piastres ; à
« nous les riches schalls de Kachemir et les robes de
« Broussa.

    « Quel beau combat, pirates dalmatiens !

    « Allons ! — Une voile latine.... le gonfalon de
« Saint-Marc.... des Vénitiens. Ils disent qu'ils sont
« nos maîtres : ce sont nos ennemis ! En avant, en
« avant ! les pirates n'ont pas de maîtres ; leur souve-
« rain , c'est l'Océan.

    « Courage, courage, pirates dalmatiens !

    « Que tout leur sang coule ; pas de grâce ! — Ven-
« geons la Dalmatie ; écrasons nos tyrans ; réveillez
« toute votre énergie ; soyez grands comme vos aïeux.

« — Et si Rome a tremblé devant les Illyriens, que
« peut donc faire Venise ?

  « Au combat, au combat, pirates dalmatiens !

« Et, à chaque strophe de la terrible chanson, tous les rameurs répétaient deux fois le
dernier vers en s'excitant mutuellement au carnage. Ils semblaient ivres de fureur, et cette
ivresse décuplait leurs forces, car le navire,
malgré sa pesanteur, fendait les flots avec la
légèreté d'une gracieuse balancelle.

« Encore un quart d'heure, et nous serons
sur la felouque, et le sang va couler, et la mer
engloutira un crime ! Tout à coup ces infortunés, voyant le danger qui les menace, défer-
lent leur voile de rechange, la déploient par
le travers, au risque de chavirer; puis, se pla-
çant directement sous le vent, ils coupent les
ondes, devenues dociles, avec la rapidité de
l'oiseau de la tempête, et s'en vont disparaître
derrière les pointes de Sansago.

« Alors ma poitrine oppressée se souleva ; je respirai ; la Providence, cette fois, s'était déclarée pour les faibles et les justes, et je remerciai Dieu avec une ferveur des plus édifiantes.

« Cependant il fallait de l'or à ces audacieux pirates ; une longue inaction forcée à Pola avait épuisé leurs ressources, et fatigué leur esprit enclin au mal. La rage de Tiberio tourna contre nous, et le danger apparut plus imminent que jamais.

« La nuit vint sur ces entrefaites. On sait combien les nuits d'Orient tombent vite ; là, point de ces crépuscules mystérieux qui font le charme de nos soirs d'été ; on passe presque sans transition des pourpres du soleil couchant à l'obscurité.

« Teuta veillait sur nous avec la tendre sollicitude d'un bon ange et d'une amante ; ayant vu que Tiberio et Armolusich étaient descendus sous le pont, où se tenait Giorgio, elle alla les rejoindre. Quand elle arriva, les deux

scélérats entouraient le patron et le conju-
raient, d'une manière presque impérieuse, à
les laisser agir sans opposer aucune résistance.

— « Tu resteras à dormir dans ta cabine,
Giorgio, disait Tiberio, et alors ta responsa-
bilité, ta foi seront à couvert. Cette maudite
felouque nous a échappé; voici le temps des
fêtes qui vient, Spalatro sera dans la joie, et
nous seuls serons condamnés à faire une mine
de Juif, parce que nul d'entre nous ne possé-
dera un méchant sequin.

— « Et ces étrangers ont tant d'or! disait
Armolusich en ouvrant des yeux où brillait une
cupidité effrénée.

— « Va, laisse-toi faire, Giorgio, nous sé-
parerons; et puis, je crois, par saint Dioclétianus! que le ser Francesco est amoureux de
notre belle-sœur Teuta; si elle cédait, songe
quelle vengeance nous aurions à exercer! —
Prévenons tout cela.

— « Non, répliqua le patron avec fermeté,
ces hommes sont venus se confier à moi en

aveugles ; ils ont mangé mon pain, mon sel, et
l'un d'eux a bu dans ma coupe. Ils sont sacrés
pour vous, et je les défendrai, s'il le faut,
contre vos poignards.

— « Giorgio, repartit le cruel Tiberio d'une
voix sourde, songe que le désespoir rend les
hommes terribles ! qu'il étouffe la voix du sang !
Songe que ce sont des patriciens, nos ennemis
à toujours !... songe qu'ils ont de l'or !

— « Oui, beaucoup d'or, ajouta le troisième
pirate.

— « Et d'ailleurs, ce n'est pas chose très
facile que de surprendre ces seigneurs, dit
Giorgio, que ces promesses de monceaux d'or
commençaient à fléchir ; ils sont nombreux, et
paraissent braves.

— « Nous leur verserons largement de notre
vieux vin de Samos, répliqua Tiberio, ils s'en-
dormiront.... et après....

— « Mais moi, je veillerai sur eux, misérables ! s'écria tout à coup Teuta en s'élançant
dans la cabine ; tant que Teuta naviguera sous

votre pavillon , elle ne souffrira pas que l'antique foi dalmate soit violée : par mon mariage ,
je suis Illyrienne , je suis de votre famille , et
je ne veux pas que , sous mes yeux , on la
déshonore !

« Les trois pirates se reculèrent à cette véhé-
mente apostrophe. Teuta leur imposait ; ils la
craignaient, pour ainsi dire, malgré leur féroce
et sauvage énergie.

— « Giorgio, reprit-elle tout à coup en s'a-
dressant à son beau-frère , ton cœur n'est pas
entièrement fermé aux nobles sentimens ; toi,
tu es encore de l'antique race des Dalmates, et
tu ne souffriras pas que l'homme qui a bu dans
ta coupe soit traité comme un corsaire de l'Al-
banie. Dieu , songes-y, voit tes actions et les
juge. Ne trahis pas ta parole, et conduis bravement ces seigneurs étrangers à Spalatro.

« Giorgio Sigorisch baissa la tête ; et, après
quelques instans de réflexion , il murmura ces
paroles :

IV.   11

— « Tu as raison, Teuta. Ces hommes sont sacrés pour les vrais Dalmates.

— « Mais ils sont gorgés d'or, misérable ! s'écria Tiberio en rugissant.

— « Oui, gorgés d'or, répéta l'écho Armolusich.

— « Giorgio, reprit le farouche pirate d'une voix sombre, tu es le patron de la fuste, mais moi je suis le chef des rameurs ; eh bien ! nous verrons qui de nous sera le maître. Je veux l'or de ces étrangers ! Voilà mon dernier mot.

— « Tiberio, dit Teuta d'un ton solennel, pour toi je suis une Morlaque et non ta sœur. Ecoute-moi : ser Francesco a quinze hommes de guerre avec lui qui le seconderont, et avant de lever ton poignard sur aucun d'eux, il te faudra briser mon kandjar et marcher sur mon corps ; — ainsi, traite-moi désormais en ennemie, car je t'abhorre et te voue à la plus profonde infamie !

« Puis, sortant brusquement de la cabine,

elle s'élança sur le pont et vint me raconter
une partie du complot ourdi par ces scélérats.

— « Allons, dis-je à mes compagnons avec
une émotion que je ne pus maîtriser ; préparez
vos armes, mais que nul ne bouge ; restez couchés sur vos nattes, et soyez prêts à combattre
au moindre cri.

« Teuta était à la pointe de la fuste, cherchant à s'orienter. Malgré son grand courage,
elle était inquiète ; l'homme qu'elle aimait se
trouvait engagé entre des écueils terribles, et
son esprit intelligent ne trouvait aucun moyen
efficace pour l'arracher au danger.

« Alors Tiberio reparut sur le pont. Ses
yeux roulaient tout sanglans dans leurs or-
bites profondes ; il vint à la proue et ne fut pas
peu surpris de nous voir tous réunis, et moi,
faisant bonne garde avec deux de nos domestiques.

— « Eh bien ! ser Francesco, me dit-il en
essayant de sourire, n'allons-nous pas bientôt

souper? Je compte vous régaler avec des vins
délicieux de la Grèce.

— « Je vous remercie pour ce soir, mon
brave, répliquai-je ; les vins capiteux me font
perdre mon sommeil, et je veux dormir.

— « Comme vous voudrez, ser ; mais vous
avez tort. Le vin excite l'esprit et les sens :
moi, je suis tout gaillard quand j'ai vidé une
fiasque de vin de Chio, et ma maîtresse n'est
jamais plus heureuse que les jours où j'ai bu
luxueusement. Du reste, vous avez encore une
heure pour vous décider, car il faut que je
mette la main aux manœuvres ; nous entrons
dans le canal de Zàra, et la passe est dure. ·

« Nous étions, en effet, par le travers de
l'île de Métada dont les grèves sont dentelées
comme une scie ; la lune jetait une bleue et
poétique lumière sur ce vaste et dangereux archipel ; mais les flots étaient si calmes, la brise
les soulevait avec tant de douceur et d'harmonie, que le voyageur ne devait songer qu'au
bonheur de naviguer avec un si grand charme.

« Cependant il n'en était pas ainsi pour nous que la mort menaçait. Tiberio, voyant Teuta seule, à l'extrémité de la galère, s'approcha d'elle à pas mesurés; et, d'une voix qu'en vain il essaya de rendre douce et séduisante, il lui dit :

— « Je t'ai offensée, sœur.

— « Je ne suis pas ta sœur, répliqua-t-elle.

— « Allons, Teuta, ne fais pas la cruelle; réconcilions-nous. J'ai un secret à te confier.

— « Qu'est-ce ?

— « Notre cousin Ceço t'aime; c'est un Dalmate de vieille race, et il songe à devenir ton époux.

— « Ceco ne me plaît pas, quoiqu'il vaille mieux que toi, Tiberio; mais il est laid et si pauvre, qu'il n'a pas même une masure pour m'abriter.

— « Si tu veux nous serons bientôt tous riches.

— « Voyons, Tiberio; tu as quelquefois des idées.

— « Oh ! ma brave Teuta, répliqua le scélérat que ces paroles encourageaient, c'est de toi seule que dépend notre fortune ; tu es une lionne, mais tes yeux sont amoureux comme ceux de la gazelle ; tu es belle ; tes charmes ont une grande puissance ; ..... il n'y a pas de patricien qui en te voyant ne sente son cœur subitement épris... Si tu voulais...

— « Explique-toi, dit Teuta d'une voix frémissante.

— « Allons, sœur, maîtrise ton trouble. — Giorgio ne trahira pas l'antique foi de nos pères ; à cette heure, il dort sur sa natte, le brave. Mais personne n'a bu dans ma coupe ; moi je commande maintenant la fuste, et je suis libre de faire tomber mon courroux sur qui bon me semble. — Cependant les étrangers veillent et semblent se méfier de nous. Ils ont refusé de souper, parce que l'invitation venait de moi, peut-être ; toi, Teuta, dont la voix est séduisante, vas-y ; le ser Francesco te suit partout du regard ; je suis sûr qu'il t'aime,

le capricieux; entoure-le de soins, et s'il le
faut... sois amoureuse. — De tes bras il ira
sombrer dans les flots !

« Et l'odieux pirate était pressant; une sauvage éloquence l'animait; il se croyait déjà sûr
de vaincre; il voulait étreindre Teuta, l'embrasser, la supplier... Tout à coup cette noble
femme se recule comme si un reptile dangereux l'allait enlacer; puis, dominant d'un regard d'aigle ce misérable pirate, elle murmura d'une voix profonde ces dures paroles :

— « Eloigne-toi, éloigne-toi, forban infâme! ce n'est pas le sang d'un homme qui
coule dans tes veines; les bêtes féroces sont
moins redoutables et moins odieuses! Quoi!
tu oses me proposer d'enivrer d'amour ce noble
étranger, afin de livrer plus sûrement son cœur
à ton lâche poignard! Va-t'en, misérable,
va-t'en !

— « Teuta, tu es maîtresse de mon secret.....
ainsi, prends garde !

— « Je ne te redoute pas.

— « Si tu dis un mot, tous mourront, et toi aussi, Morlaque !

— « Merci, Tiberio. Tu fais bien de ne pas m'assimiler à ceux de ta race. Chez nous, l'hospitalité est un saint devoir.

« Le pirate ne répondit pas, mais un sourire féroce erra sur ses lèvres.

« Puis, il y eut un instant de silence entre ces deux étonnans personnages; après quoi, Teuta, semblant en proie à une tristesse profonde, dit à Tiberio en le quittant :

— « Demain, tu seras libre de t'abandonner à ta vie de meurtre et de rapine; je ne veux pas rester davantage à bord de ta galère. Je débarquerai à Zara.

— « Va, nul ne te retiendra, orgueilleuse ! dit-il les dents serrées.

« Puis, courant chercher Armolusich, son digne complice, il lui dit avec une joie sauvage :

— « Demain, compagnon, demain, nous serons riches; Teuta se fait débarquer à Zara

pour gagner Spalatro par terre. Alors, rien ne
nous arrêtera plus!..... nous aurons de l'or,
Armolusich..... tu comprends!

— « Oui, oui, beaucoup d'or.

— « *Courage, courage, pirates dalmatiens!*
chanta d'une voix retentissante Tiberio dans
l'entrepont, possédé qu'il était par une folle
joie.

« Et la galère continua de voguer avec une
élégance infinie sur les flots tranquilles;

« Et la lune disparut dans les profondeurs
du ciel;

« Et le soleil s'éleva tout radieux, couvrant
de ses rayons d'or les sommets des monts dalmatiens; et moi, brisé que j'étais par l'inquiétude et la fatigue de cette longue nuit, je tom-
bai sur le pont et m'endormis.....

LXIX

Où l'on prouve victorieusement qu'une femme est bonne à quelque chose.

Une belle dame de trente ans. — Enfin, c'est de tout point un homme délicieux, charmant !

Un banquier. — Charmant, tant que vous voudrez, mais il n'a pas d'écus.

Un bourgeois. — A quoi lui servira cet esprit tant vanté, il n'a pas un pouce de terre au soleil.

Un suffisant de l'endroit. — Vous trouvez qu'il a de l'esprit ; lui avez-vous jamais entendu faire un seul petit calembourg ?

Un mince hobereau. — On vante ses manières séduisantes, mais je les nie, moi. Il n'est pas gentilhomme !

Un cagot. — Je nie son talent. — C'est un impie, un révolutionnaire !

Tous, en chœur. — C'est une réputation usurpée : il est loin : persiflons-le. Oui, oui ! ! !

Un vieil officier. — Vous ressemblez à ces Napolitains qui veulent tout tuer quand l'ennemi est au large. Mais vous avez affaire à un fort et hardi corsaire qui vous coulera.

LES BÉOTIENS, comédie.

« Je fus éveillé par des voix nombreuses qui criaient : Zara ! Zara ! — Il était onze heures du matin. Nos pirates me semblèrent superbes ; le pavillon de Saint-Marc flottait aux mâts de la galère, et, à les voir si joyeux, si rians, si souples, il eût été difficile de reconnaître les audacieux forbans qui avaient donné la chasse à la felouque vénitienne.

« Aussi, les agens du provéditeur-général de la Dalmatie traitèrent merveilleusement bien Giorgio Sigorisch, et lui recommandèrent d'accrocher au haut de leurs mâts tous les Uscoques qu'il rencontrerait sur sa route.

« Pendant que l'officier vénitien examinait la patente, Teuta vint vers moi d'un air mystérieux.

— « Tu as dormi bien long-temps, me dit-elle.

— « C'est que j'avais veillé bien long-temps, répliquai-je.

— « Ecoute, mon Francesco, reprit-elle d'une voix que l'émotion rendait tremblante, tu sais que je t'aime ; il vaudrait mieux pour moi que je ne t'eusse point rencontré, mais Dieu l'a voulu. Je débarque à Zara ; je quitte ces hommes cruels. Il faut que tu me suives

avec tes amis et tes serviteurs, mais sans éclat,
sans montrer aucune défiance; prends le prétexte de visiter la ville, de faire quelques provisions, et cela tout de suite, à l'instant même,
pendant que les officiers de justice sont à bord.
— Sans cela, dis adieu à tout ce que tu aimes!

« Elle semblait si convaincue, la pauvre et
belle Teuta, que je me déterminai sans peine
à la suivre, et familièrement j'accostai les
officiers vénitiens. L'un d'eux était savant et
antiquaire; il m'énuméra toutes les beautés de
l'antique *Jadera*, me parla du rude siége qu'elle
avait soutenu contre Bajazet, en 1498, qui
s'en empara, et la garda peu, tant les Vénitiens
étaient jaloux de sa possession. J'écoutai mon
antiquaire avec une complaisance merveilleuse
qui l'enivra; et alors je parlai de débarquer,
pour voir tous ces restes magnifiques.

« Tiberio et Armolusich échangèrent des regards singuliers; Giorgio demeura calme, mais
néanmoins, son visage trahissait l'inquiétude.

— « Croyez-vous, seigneur officier, dis-je

au Vénitien, que deux heures suffiront pour
visiter Zara?

— « Deux heures, ser ! répéta-t-il avec toute
l'exagération d'un antiquaire, et d'un antiquaire italien ; dites donc deux mois ! Voyez
donc là, sur le pont, l'arc funéraire élevé
à Lœpicius Bassus, que le vulgaire ignorant
nomme la porte de Saint-Grindjona ; moi, je
l'ai étudié pendant un mois ; puis nous avons
des églises pleines de tableaux superbes du
Diamantini, des Palmes, du Tintoretto et du
sublime Titien.

— « Oh ! j'adore la peinture et les monumens, m'écriai-je ; donc je reste.

— « Mais je ne peux pas demeurer ici selon
le bon plaisir de vos seigneuries, dit alors Giorgio
Sigorisch d'un ton sec.

— « Nous ne pouvons pas vous accorder
plus de quatre heures, ajouta Tiberio avec
rudesse.

— « C'est trop peu, mon maître, répliquai-je.

— « Alors nous allons lever l'ancre , ser,
repartit Tiberio; de Spalatro vous reviendrez
par Zara , si vous voulez.

— « Il ne me plaît pas, dis-je avec hauteur,
rassuré par la présence des officiers; et, puisque
vous êtes si pressés, vous partirez sans moi.

— « Le contrat porte que nous vous con-
duirons à Spalatro, moyennant quatre-vingts
sequins, reprit Tiberio, et nous voulons remplir nos engagemens.

— « Nous sommes parfaitement en règle ,
n'est-ce pas ? demanda Giorgio aux officiers.

— « Parfaitement, mon brave.

— « Allons, vous autres, larguez les voiles;
il faut partir !

— « Doucement, mes illustres, leur dis-je ;
nous allons vous compter vos quatre-vingts
sequins d'or, et nous resterons. Nous sommes
du moins libres de nous ruiner et de rester où
bon nous semble.

« Déconcertés par cette proposition con-
cluante, les scélérats se consultèrent; et Ti-

berio, acharné comme un tigre, pour obtenir sa proie, nous dit avec une rage mal concentrée :

— « Pour vous prouver que nous sommes de loyaux hommes de mer, nous vous attendrons jusqu'à demain. J'espère que c'est parler, cela.

« Une valise, plus alourdie par l'or que par nos vêtemens, constituait tous nos bagages ; les domestiques prirent chacun la nôtre. Je comptai à Giorgio étonné ses quatre-vingts sequins, en lui disant qu'il était libre de reprendre la mer à l'instant même ; que nous préférions notre plaisir à nos intérêts, et beaucoup d'autres belles choses.

« Le débarquement commença. Tiberio et Armolusich, debout au pied du grand mât, roulant des yeux sinistres, crispaient leur main droite sur le manche de leur kandjar. Nous leur échappions, enfin ! Voyant que notre résolution était inébranlable, Tiberio tenta un dernier effort ; et, arrachant le contrat des

mains de son frère, il vint vers moi en me disant :

— « Ser, puisque vous ne voulez pas vous
contenter d'un jour et d'une nuit, écrivez du
moins que vous êtes satisfait de nos services :
quatre-vingts sequins d'or pour la traversée de
Pola à Zara, c'est trop cher, assurément ; mais
c'est vous qui l'avez voulu. Relatez cela, ser
Francesco. — Voyons, dit-il en s'adressant à
son frère, peux-tu faire quelque chose qui soit
agréable à ces seigneurs, Giorgio ? Peux-tu car-
guer tes voiles jusqu'au soir de demain ?

— « Mais, répondit le patron avec humeur,
si leurs seigneuries veulent payer notre séjour
à Zara, je n'y vois pas un grand inconvénient.

— « C'est parler en franc Dalmate, cela,
dit Tiberio ; ainsi vous pouvez compter sur
nous, ser Francesco. Vous acceptez, n'est-ce
pas ? Vous y gagnerez encore.

« Et ses yeux suivaient mes moindres mouvemens avec une anxiété, une crainte, une angoisse !... Il ne me quittait pas... Il me souriait

IV.   12

sans cesse, le misérable lâche! Quel double
visage il avait, cet homme!.

« Teuta était vers la porte Romaine, épouvantée de mon retard; il ne restait plus que
moi sur la fuste; mes compagnons m'appe-
laient; l'antiquaire leur expliquait, tant bien
que mal, la signification du mot EMPORIUM bu-
riné sur l'arc funéraire, on ne sait trop pourquoi. Moi je jouissais de voir ramper à mes pieds
ces audacieux pirates; cependant, lassé de leurs
plates perfidies, je leur dis brusquement :

— « Ne m'attendez pas, j'irai à Spalatro par
terre, si cela me sourit; ainsi donc, adieu, mes
braves.

« Et, d'un bond, je m'élançai sur la jetée.

« Tiberio poussa un rugissement semblable
à celui d'une lionne furieuse; puis, s'étant
approché de la rampe, il s'écria d'une voix
sourde :

— « Infâme Teuta, je te retrouverai au jour
de la vengeance! Et vous, étrangers.....

« Je n'entendis pas le reste, et j'accourus,

tout joyeux, vers la noble Morlaque qui nous
avait arrachés à une mort certaine, ainsi qu'elle
me l'apprit plus tard.

« J'admirais encore l'arc de Lœpicius Bassus,
le monument antique le plus beau de Zara (1),
quand, ayant jeté un regard vers le port, j'a-
perçus mes pirates sous toutes leurs voiles,
courant des bordées, et aussitôt ils disparurent
dans le canal avec la rapidité d'un pétrel.

— « Ma foi, m'écriai-je, que saint Nicolas,
ce patron des marchands et des voleurs, les
protége, si bon lui semble, je ne m'y oppose
pas ; mais j'aime mieux être ici.

— « Nous sommes libres, enfin, ajouta ma
belle Morlaque, et maintenant je suis heureuse !

---

(1) Cet arc, comme celui de Pola, mais d'un style moins pur
et moins élevé, fut, dit l'inscription, élevé par Melia Annania
à son noble époux Lœpicius Bassus. Quel admirable gage d'a-
mour ! Il décorait sans doute dans l'origine une place ou quelque
marché, ce qui expliquerait ce mot *emporium*, gravé sur la
frise,

« Hélas ! comme la créature humaine est facile à s'abuser ! — Le danger allait revenir plus imminent que jamais....

LXX

Zara.

> Oh ! qui peut peindre la femme quand un
> sublime enthousiasme l'anime !
>
> Comte L. DE CHARNY.

« Nous voilà donc dans les rues de Zara, dit le maréchal en continuant.

« Mon officier vénitien était, à l'âge près, un antiquaire parfait, un vrai savant de province ; il s'extasiait à la vue de quelques assises bouleversées, d'une frise sans ornementation, du plus mince débris ; il avait à sa disposition un magnifique vocabulaire archéologique, et je dois convenir qu'il s'en servait merveilleusement, le cher homme, pour me reconstruire là un temple, là une naumachie, plus loin un amphithéâtre, de ce côté un forum, ici un arc triomphal. Du diable si jamais toutes ces choses avaient existé, mais il le croyait, l'honnête demi-savant, et, en franc courtisan, en homme qui sait la cour, je m'extasiai, j'admirai plus fort que lui, et au bout d'une heure j'étais si fatigué de son phébus dalmatico - vénitien que je le quittai en l'assurant que Peiresc n'était qu'un écolier à côté de lui.

« Et mon savant s'inclina bien bas en gonflant ses lèvres avec une suffisance béotienne au superlatif.

« Peiresc était, au moins pour lui, l'empereur de la Chine ou un contemporain de Vitruve (1).

« Si je vis des antiquités moins belles et en plus petit nombre qu'à Pola, en revanche, je pus admirer à mon gré, dans l'église de Sainte-Marie, un magnifique *Saint-François* du Tintoretto, un *Saint-Antoine* du Padouan, et à Sainte-Catherine une toile éblouissante, un chef-d'œuvre, une merveille du grand Titien !

« Mais on se rassasie de tout, même des arts, ce qui est triste. — Et je ne songeai plus qu'au bonheur de vivre et à faire bravement l'amour ! car, à propos d'amour, j'ai toujours des désirs.

« Pour cela, mes honnêtes et naïfs compagnons me gênaient furieusement ; ils avaient des préjugés religieux ni plus ni moins que des

_____

(1) Nous ne pouvons trop répéter que ceci se passait au XVIIe siècle. Aujourd'hui, la province, pour ce qui concerne l'archéologie, ne le cède pas à Paris. En Normandie, nous avons des hommes de la plus haute science. Parmi ceux-là, je citerai MM. Alphonse de Brébisson, de Caumont et Auguste Le Prévost, dont la parole est une autorité.

Espagnols ou des Italiens orthodoxes. Teuta,
toute belle qu'elle fût, n'était pour eux qu'une
Morlaque, c'est-à-dire un méprisable rejeton
d'une race immonde. — Moi, je la trouvais
parfaitement digne de devenir ma maîtresse,...
et je l'aimais déjà depuis trois jours!

   « L'heure bienheureuse était donc difficile à
trouver, ce dont j'enrageais passablement. Pos-
séder la coupe délicieuse, et ne pouvoir y poser
ses lèvres; être aux portes du paradis, et ne
pas y entrer; voilà de ces choses désespérantes
qui tuent un voluptueux!

   « Teuta, je dois le dire, secondait admira-
blement mes scrupuleux Hongrois. Elle avait
aussi ses préjugés; et, la fierté naturelle aidant,
je me trouvais en face d'une superbe lionne
inabordable.

   « Nos domestiques étaient allés prendre gîte
à *l'osteria di Sancta-Caterina*. Quand vint le
soir, nous songeâmes à souper; et, comme j'a-
vais invité mon antiquaire et ses deux col-

lègues, je fus surpris à l'heure précisée de ne
pas trouver ma reine du Vergoraz.

« Je demandai à un de mes laquais ce que
signifiait cette disparition ; mais ni lui, ni ses
compagnons, ni les garçons du patron de l'osteria, ne purent rien me dire. Me voilà fort
attristé ; j'avais en un instant perdu ma joyeuse
humeur. Dès que la porte de la salle s'ouvrait,
je quittais brusquement mon siége ; mais mon
attente fut vaine : Teuta ne revint pas.

« Après le départ de mes convives, je m'en
allai, précédé par les garçons de l'osteria,
courir les rues de Zara, à la recherche de mon
amoureuse. Vain espoir ! J'allai interroger les
ruines ; les échos répétèrent cent fois mes
plaintes et le nom de Téuta, mais nulle voix
humaine ne vint calmer mes angoisses profondes.

« Oh ! quelle effroyable nuit je passai ! Tantôt
je croyais que, lui ayant déplu, elle s'était enfuie
vers ses montagnes inaccessibles au voyageur
civilisé ; tantôt il me semblait que les pirates,

étant revenus, l'avaient entraînée. Je la voyais
suppliante, éperdue, implorant ma protection
impuissante ; je la pleurais : le bonheur s'en-
fuyait maintenant à mon approche ; j'étais désespéré !... Heureusement que le sommeil vint
se mettre de la partie ; et fort tard, le lendemain, quand j'ouvris les yeux, j'aperçus Teuta
qui pleurait de joie à mon chevet.

« Avez-vous été d'enfer en paradis ? Votre
imagination vous a-t-elle transportés, en une
heure, des sphères glacées, des plaines ef-
frayantes de la Moscovie aux versans délicieux
du Pausilippe, ou dans les gorges ombreuses
et embaumées de Sorrente, la poétique patrie
du Tasse ? — Voilà ce que j'éprouvai, moi.
Je suis venu sur cette terre pour jouir, pour
aimer ; l'amour fait ma plus grande joie. — Une
femme belle, intelligente et voluptueuse, c'est
la meilleure pensée de Dieu formulée ; et, sous
ce point de vue, le Tout-Puissant n'a pas d'a-
dorateur plus fanatique et plus fervent que votre
narrateur.

— « Qu'as-tu donc à pleurer ? lui dis-je en
attirant vers moi sa belle et magnifique tête.

— « Oh ! je sais tout, répliqua-t-elle, et tant
de bonheur m'arrache des larmes !

— « Qu'as-tu fait cette nuit ? Où es-tu
allée ?

— « Francesco, ne me demande pas cela.

— « Mais je le veux savoir au contraire ; j'ai
tant souffert que ce droit m'est acquis.

— « Ecoutez-moi, ser, reprit-elle d'une voix
grave ; je suis pauvre, et d'une race malheureuse ; la mort de mon époux m'a replongée
dans l'abîme d'où Marco m'avait fait sortir.
Ici, et c'est de même dans toutes les cités
maritimes, les préjugés qui s'élèvent contre
nous sont horribles ! Un Morlaque du Vergoraz,
si honnête qu'il puisse être, est toujours con-
fondu avec les plus déterminés d'entre les
Haiducks, ces brigands sans pitié ! (1)

_____

(1) C'est une race de voleurs. Ils sont répandus par toute la
Dalmatie supérieure ; leur courage égale leur férocité. On a vu

— « Tes Dalmates sont absurdes, lui dis-je en la baisant au front ; mais moi, je suis heureux de t'aimer.

— « Ces préjugés, reprit-elle, sont partagés par les Hongrois. Vous n'avez pas vu les manières de vos compagnons en face de moi. — C'était du mépris ; que dis-je ? du dégoût ! et pourtant, une pauvre créature humaine vient en ce monde par la volonté d'un Dieu puissant, notre maître à tous. Si j'avais eu à choisir, je serais née patricienne à Venise, et non Morlaque dans le Vergoraz. Mais il faut m'accepter telle que je suis, et moi-même je dois courber la tête sous cette fatale destinée. Pourtant je suis bien fière, Francesco !

---

dans l'Herzégovine vingt Haiducks attaquer cent Turks et les vaincre. Le nombre ne les effraie jamais. On croit que c'est l'écume des Uscoques. Dans l'origine, Haiduck signifiait tout simplement chef de parti ou capitaine. Aujourd'hui encore, en Transylvanie, on appelle un chef de famille, Haiduck. En Istrie et en Dalmatie, au contraire, c'est la plus insultante des injures ; c'est comme si chez nous on pouvait appeler sérieusement un homme Mandrin, Trestaillon, Lacenaire. C'est pire encore en Dalmatie.

— « Mais tu leur as sauvé la vie, à ces stupides ! m'écriai-je tout hors de moi.

— « C'est un service qui s'oublie volontiers quand le danger est passé, répliqua-t-elle ; ainsi, vous concevez bien maintenant, ser, que moi Morlaque, veuve et pauvre, je ne peux ni ne dois loger à la plus noble osteria de la cité avec des seigneurs étrangers qui me considèrent à l'égal des filles de leurs serfs. — Et moi, quoique je sois d'une race avilie, j'ai le cœur aussi bien placé que les châtelaines les plus nobles, — et j'ai fait une action qui devrait m'épargner le mépris.

— « Ils te rendront justice, Teuta, ou je les quitterai.

— « Non, Francesco. Un voyageur ne doit jamais se séparer de ses compagnons à propos d'un nouveau visage qu'il aura rencontré par la voie. Mais je suis résignée à mon sort, tu le vois, et je m'éloigne afin que les odieux préjugés blessent moins mon cœur.

— « Je ne le souffrirai pas, te dis-je ; tu ne

me quitteras plus. Pour nous, tu as exposé tes
jours ; ce cruel pirate t'a menacée ; je veux
que tu restes là, avec moi. Et pourquoi parler
de ta pauvreté quand je suis riche ; mon or,
vois-tu, c'est le tien ; ma fortune, c'est la
tienne. Et puis, n'es-tu pas une femme ? et
quels sont donc les sauvages qui laissent une
femme payer dans les auberges ? C'est comme
si je me trouvais au milieu de ta tribu, isolé,
sans un sequin, et que tu me laissasses men-
dier pour vivre ! Est-ce que tu m'abandon-
nerais si j'allais parcourir le pays de tes
frères ?

— « Oh ! non, mon Francesco, me dit-elle
avec amour.

— « Laisse-moi donc agir ; tu crains les préjugés, eh bien ! veux-tu te transformer, au
sortir de Zara ? veux-tu des vêtemens de patricienne ? Je te donnerai tout ce qui flattera tes
sens, car tu es ma vie !

— « Oh ! Francesco, s'écria-t-elle avec un
merveilleux enthousiasme, tu n'es donc pas

un patricien, toi? Les patriciens sont orgueilleux, despotes, inaccessibles ; ils traitent d'esclaves ceux qui sont au-dessous d'eux; et nous,
pauvres Morlaques, ils nous traquent, dans nos
montagnes, comme des bêtes féroces!.... Ah!
quelque jour, qu'ils y prennent garde! Teuta
est fière et courageuse, et, quand la mesure
de leurs iniquités débordera, elle poussera son
cri de guerre, et chaque vallon du Vergoraz
fournira une armée de vengeurs, — et tous nous
viendrons vers les cités avec la force et la rapidité des avalanches !.... Mais toi, Francesco,
tu n'es pas de la race des oppresseurs; tu m'é-
lèves jusqu'à toi, tu protèges les faibles, tu
blâmes les patriciens.

— « Et cependant je suis un puissant seigneur, lui dis-je; mais j'aime la justice,
j'abhorre la tyrannie, et je veux pour tous la
liberté !

— « Oh! je t'aime, je t'aime, s'écria-t-elle en
me couvrant de baisers ardens.... Tu es peuple,
toi ; tu n'es pas orgueilleux..... je t'aime !

— « Nous serons heureux, n'est-ce pas ? Tu me donneras de la joie, ma fière lionne; je n'ai pas encore rencontré une femme pareille à toi. Tu es issue d'une de ces grandes races qui ont étonné le monde, ma courageuse Teuta.

« Et à toutes ces paroles elle répondait par des caresses enivrantes, par des demi-mots, dans cette langue inconnue, ce voluptueux idiome que tous les peuples comprennent; et je crois que l'heure de l'allégresse allait enfin sonner, quand deux de mes barons hongrois, précisément ceux chez lesquels les préjugés parlaient avec le plus de force, vinrent sans façon heurter à ma porte, et entrèrent.

« Voilà encore une scène de comédie qui ne me réjouit pas prodigieusement....

LXXI

Le Roi de Sebenico.

Quelle main pourra jamais soulever le
voile qui couvre tant de coutumes bizarres
et mystérieuses !

Un commentateur du Dante.

« Mais retournons vers nos pirates, reprit le
maréchal, qui songeait à mettre de l'habileté
dans ses récits. Après mon départ, Tiberio se
mit à hurler comme un fou ; il courait de la

IV.   13

poupe à la proue, faisant voltiger sa hache de combat et menaçant de jeter tout le monde dans le canal. Par malheur, il n'y jeta personne.

« Armolusich, bien qu'il restât silencieux, songeait aussi à la vengeance. Les monceaux d'or qu'il avait plutôt pressentis que vus, s'offraient sans cesse à sa pensée ; il croyait ouïr encore le son prestigieux des sequins et des maximiliens ; et Giorgio, accablé par les reproches de ses deux compagnons, commençait à se repentir de ne s'être point laissé guider en toutes choses par Tiberio.

« Ceco, le plus honnête de tous ces pirates, avait aussi des regrets, mais Teuta seule les lui inspirait. Il adorait cette femme, et dans cet amour il avait apporté toute la fougueuse ardeur qui l'animait dans son terrible métier d'écumeur de mer.

« Quant au reste de l'équipage, il était de l'avis de Tiberio.

— « Que la peste te ronge avec ta foi anti-

que ! disait ce dernier à son père Giorgio dans
un violent accès de colère ; sans ta foi antique,
à cette heure nous serions riches, n'est-ce pas,
Armolusich ?

— « Oui, très riches, répéta l'écho.

— « Oh ! cette Teuta, et ce Francesco à qui
elle se prostituera sans nul doute, oh ! ils ne
se soustrairont pas à ma vengeance.

— « Que dis-tu ? s'écria Ceco en s'approchant.

— « Je dis que si les seigneurs hongrois nous
ont échappé, c'est que Teuta nous a trahis,
afin de pouvoir vivre en débauchée avec ce
Francesco.

— « Ce Francesco ! dit le malheureux Ceco
en frissonnant.

— Oui, tu n'as donc pas vu qu'elle l'aimait,
cet étranger. Quoi ! tu es épris d'une femme et
ton âme ne s'abandonne pas à la jalousie !

— « Misérable que je suis ! s'écria-t-il en
s'arrachant les cheveux, et c'est moi, moi...

— « Qu'as-tu fait ? dit Tiberio en lui saisissant le bras avec énergie.

— « Ce que j'ai fait? repartit Ceco s'apercevant du péril, ce que j'ai fait me torture et
me tue ! J'adorais cette femme qui m'a trahi.
— Mais je me vengerai !

— Ah ! toi aussi, tu comprends la vengeance;
tu comprends que Teuta ne doit pas salir im-
punément le nom de Sigorisch !

« Et ces misérables se mirent à parler morale ni plus ni moins que les hommes les plus
vertueux et les plus austères.

— « Je ne vois qu'un moyen pour arriver à
notre but, qui est le même, reprit Tiberio en
réunissant autour de lui les trois pirates : ga-
gnons Spalatro au plus vite, à force de voiles
et de rames ; là, nous réunirons une bande de
nos amis de la montagne, et, à la tête de cette
bande armée, vous irez tous deux, Ceco et
Armolusich, vous embusquer sur le chemin de
Sebenico ; dans six jours ils seront vers Salone
ou Abadessa ; dès que vous les verrez, sou-
venez-vous que vous êtes des pirates dalmatiens! Giorgio et moi, nous prendrons un pré-

texte quelconque, et si la fantaisie leur venait
de choisir la voie de mer, ils trouveront les
vengeurs sur leur passage.

« Et le plan de cet infâme pirate fut fidèle-
ment exécuté.

« Pendant que la perfidie nous dressait ainsi
ses embûches, nous, tout joyeux d'être déli-
vrés de nos ennemis, nous nous occupions à
rendre notre vie facile. Mes rigides Hongrois
firent bien un peu les moraliseurs à propos de
la scène du matin avec Teuta, mais je re-
jetai tout sur le compte de la reconnaissance
que nous devions à cette noble femme; puis,
voyant que leurs préjugés étaient incurables,
je hâtai notre départ de Zara pour Spalatro,
tant j'avais soif de nouvelles choses et surtout
de bonheur.

« Une fois dans sa maison, Teuta ne serait
pas si lionné, peut-être ! — Et je quittai la
cité avec cette espérance.

« Six jeunes étudians de l'université se joi-

gnirent à notre caravane, et nous fîmes une
magnifique exploration. On m'avait tant vanté
les cascades de Scardona et les mœurs curieuses
des habitans de cette contrée, que j'obtins sans
peine l'approbation de mes compagnons pour
tout voir.

« Laissant donc la triste route de Sebenico à
un petit village nommé Putizane, nous remon-
tâmes vers le sud et vînmes traverser la Go-
duccbia non loin des murs de Scardona.

« Scardona, nommée par les Turks Skardin,
faisait autrefois partie de l'empire des Otto-
mans ; dans l'antiquité, c'était la plus belle ville
de la Liburnie ; les Romains l'avaient couverte
de monumens superbes ; mais les Hongrois et
les Turks ont tout détruit, et ce fut à grand'-
peine que nous pûmes nous y procurer des provisions et des guides, tant la barbarie a labouré
ces malheureuses contrées.

« Quelle magnifique scène se déroula sous
nos yeux quand nous fûmes arrivés à la base
des cataractes ! quel spectacle sublime ! Là une

végétation surprenante, des peupliers, des
saules et des aulnes qui abaissent leurs masses
ombreuses jusque sur la blanche écume des
torrens ; puis, au milieu de ces vigoureuses
masses de verdure, s'étendent majestueusement
de larges nappes d'eaux limpides ; et si l'on se
recule, si l'œil embrasse toute la scène , on
aperçoit l'horizon fermé par de gigantesques
montagnes bleuâtres, d'un aspect désolé, sans
végétation aucune ; l'âme est effrayée de cette
grande page de la nature ; la créature humaine
s'humilie en face d'une pareille puissance. Et
qui pourrait résister à un tressaillement invo-
lontaire en suivant la marche capricieuse de ce
grand fleuve qui, s'élançant tout à coup de son
lit, vient se dérouler sur les rochers, essaie de
les déraciner, de les entraîner dans sa course
effrayante ; les rocs anguleux ou élancés résis-
tent, et l'onde, se relevant toute meurtrie après
cette chute gigantesque s'éloigne plus lente-
ment en mugissant, tourbillonne encore, épuise
le reste de ses forces, et arrive enfin toute do-

cile, toute calme, au sein de cette riante oasis,
de cette riche verdure qui décore la vallée :
et alors la Kerka se morcèle, se divise et semble désormais baigner avec amour tous ces riches massifs d'arbres, et les glaïeuls et les nénuphars qui font paraître avec un plus brillant éclat ses beaux flots argentés.

« On étala nos provisions sur une espèce de petit promontoire qui s'avance jusqu'au milieu du fleuve, et là nous dînâmes avec une joie que je ressens bien vivement encore, mais qu'il me serait fort difficile de vous exprimer.

« Le soir nous vînmes coucher à Sebenico.

— « N'est-ce pas que mon pays est vraiment superbe? me dit Teuta en faisant approcher sa mule de mon cheval; la France est-elle aussi séduisante?

— « Elle est plus séduisante et plus riche, mais je n'ai rien vu d'aussi imposant que cette cascade.

— « Ah! c'est bien beau en effet.

« Et, mettant sa mule à l'amble, elle redevint toute soucieuse.

—« Pourquoi sembles-tu si attristée, Teuta? lui dis-je avec sollicitude; nous approchons de Spalatro ou tu résides, et du Vergoraz, ta patrie.

— « Je ne sais, j'ai des pressentimens.

— « Allons, tu es folle.

— « J'ai vu dans les rochers l'esprit des montagnes, répliqua-t-elle avec une sorte de terreur, et je crains pour moi quelque calamité.

— « Tu veux jouer l'inspirée, ma chère, lui dis-je en riant, mais ce sera peine perdue, car je suis un terrible réaliste.

— « Ne ris pas ainsi, Francesco, reprit-elle avec la même terreur; je te dis que j'ai vu sa grande ombre, et l'esprit n'apparaît qu'aux jours où le danger nous menace. (1)

_____

(1) Les Dalmates sont extrèmement superstitieux. Dans leur

« J'essayai de combattre cette funeste ten-
dance, mais toute ma raison échoua ; j'employai
la raillerie, et je fus plus malheureux encore,
car Teuta s'éloigna avec des larmes dans les
yeux et la fierté d'une femme profondément
blessée.

« Cette fois, comme elle couchait dans la
même hôtellerie que moi, car j'avais déjà vaincu
quelques-unes de ses répugnances, j'allai après
le souper pour la consoler ; je me laissais pen-
cher vers des espérances bien ravissantes ; mais
la réalité m'apparut toute maussade avec des
verroux aux portes et une voix irritée à l'intérieur, qui me dit très haut et très fièrement un
gros : Non !

— « Puisse la peste étouffer les femmes !
m'écriai-je en m'en allant tout désappointé.

« Le lendemain, étant sorti seul pour visiter

croyance profonde et leurs terreurs, ils prêtent une forme animée
aux masses capricieuses formées par les brouillards, aux rochers
bizarres, aux nuages et aux arbres.

les rues de Sebenico, je me trouvai sur une place, en face d'un cortége nombreux et bizarre; un homme de haute taille, à la figure vulgaire et stupide, était au milieu de ce cortége; sa tête était couronnée d'épis, et pour tout vêtement il portait une toge de pourpre semblable à celle des empereurs romains. Tout cela était d'un aspect si étrange et si bouffon, que je m'arrêtai avec curiosité pour examiner à loisir.

« A peine étais-je immobile, qu'un Dalmate s'avança vers moi et m'apostropha rudement; puis, sans autre forme, il jeta mon bonnet à terre; je ripostai par un coup de plat d'épée; d'autres Dalmates composant le cortége accoururent au secours de leur concitoyen en poussant de grandes clameurs; je dégainai prestement, et sans doute le sang aurait coulé si deux des étudians de Zara ne fussent arrivés en me criant de toutes leurs forces :

— « Découvrez-vous, découvrez-vous, c'est le roi de Sébenico !

« Je le fis aussitôt. On comprit que j'étais étranger; le calme se rétablit, et le cortége burlesque continua son chemin.

— « Qu'est-ce donc, seigneurs? demandai-je aux étudians, intrigué par cette pompe grossière.

— « Ah ! ser, vous l'avez échappé belle; le roi de Sebenico se rend à son palais; il vient, dit-on, de la maison de justice où il a condamné un marinier aux galères pour dix jours.

— « Tout cela est fort bizarre.

— « Oh ! venez, me dirent-ils, et nous vous l'expliquerons ensuite.

« Nous nous approchâmes du cortége. Le roi me voyant la tête découverte m'adressa un sourire qu'il essaya de rendre gracieux; il n'y put réussir, le pauvre homme; c'était un roi dont je n'aurais certes pas voulu pour laquais; il ne valait pas la dixième partie de Felipo; — et, malheureusement pour les peuples, beaucoup de rois ne sont guère plus habiles ni plus nobles de manières que celui de Sebenico.

« Il était entouré d'officiers vêtus les uns de
la toge romaine, tandis que d'autres portaient
des costumes de patriciens ou de juges. Ces
grands dignitaires et la foule le conduisirent
jusqu'au palais épiscopal, où il se précipita
après avoir salué le peuple avec une majesté...
de porte-faix.

« Ce monarque fameux s'appelait Paolo Goducsich; il avait quarante ans, six fils, une
femme laide et ridée, légers inconvéniens dont
les reines ne sont pas même exemptes. Pour
apanage Goducsich avait la mer, pour palais
une barque, et pour sceptre un magnifique
gouvernail peint en rouge. Paolo Goducsich
était marinier à la porte neuve de Sebenico.

« Voilà ce que j'appris à propos de la cérémonie à laquelle j'avais assisté :

« De temps immémorial, les habitans de
Sebenico se choisissaient tous les ans un roi.
On le prit d'abord dans la classe patricienne;
mais cette classe privilégiée finit par aban-

donner au peuple ses hautes prérogatives, et
monseigneur le peuple s'accommoda très bien
du sceptre.

« Le pouvoir suprême dure quinze jours ;
pendant ce temps le roi a le privilége de conserver les clefs de la ville ; un riche dais lui est
élevé dans la cathédrale ; et il juge toutes les
affaires politiques qui agitent sa cour éphé-
mère. Les hauts magistrats de Sebenico sont
obligés de lui fournir un palais magnifique, et
la ville paie sa royale dépense. L'évêque, le
gouverneur, et les patriciens qui occupent les
plus hauts emplois ont l'honneur de recevoir à
leur table la Majesté de la veille, ce qui ne doit
pas toujours les amuser prodigieusement.

« Puis, quand le quinzième jour expire, le
monarque dépose ses somptueux vêtemens de
pourpre ; il jette sur ses épaules son méchant
tabar troué ou rapiécé, et le voilà courant les
rues crotté jusqu'à l'échine, et recevant avec
humilité des rebuffades du moindre basochien

qui peut disposer de quelque menue mon-
naie. (1)

« Un grand esprit philosophique a-t-il pré-
sidé à cette folie carnavalesque? D'où vient-
elle? — Nul ne le sait. — Est-ce pour montrer
le néant des grandeurs humaines? Si Sebenico
était une vieille cité on pourrait croire que
l'abdication de Dioclétien, qui naquit et mou-
rut dans ces parages, fut pour beaucoup dans
l'institution de cette singulière investiture de
grands pouvoirs si éphémères!

« Tous ces tableaux de mœurs m'intéressè-
rent vivement; je les étudiai avec soin, et
quand j'eus visité tous les palais et les fortifi-
cations du fameux Sanmicheli, je prévins la
caravane, et nous nous mîmes en route pour
Spalatro, où nous attendaient avec une impatience cruelle les montagnards et les pirates.

---

(1) Voy. FORTIS. *Viaggio in Dalmazia.* Venezia, 1774.

LXXII

Un Naufrage.

> Avez-vous vu jamais la mer courroucée?
>
> BERNARDIN DE SAINT-PIERRE.

« La route de Sebenico à Spalatro est rude,
sauvage et peu sûre. L'armée de Germanicus,
dit-on, traça cette voie, mais les barbares la
détruisirent en partie, et les Dalmates et le

temps achevèrent de la rendre à peu près im-
praticable.

« Ennuyés et fatigués de cette marche lente,
nous nous décidâmes à franchir la chaîne des
monts Tartari, vers le village de Bristiniza, et
nous nous rapprochâmes de la mer.

« Le soir venait, le soleil s'enfonçait rapidement dans la mer d'Ionie, quand tout à coup
le guide qui marchait à la tête de notre petite
troupe s'arrêta en se retournant vers nous, et
s'écria d'une voix effrayée : — Seigneurs, seigneurs, n'allons pas plus loin, j'ai vu des
Haiducks disparaître dans la direction des rochers de Mitto.

— « Sont-ils en grand nombre ? lui demandai-je.

— « Le nombre n'y fait rien, répliqua-t-il ;
ils seraient dix, qu'ils nous attaqueraient de
même. Croyez-moi, ser, retournons passer la
nuit à Bristiniza.

— « Nous sommes trente ! m'écriai-je ; tous
nous avons de bonnes armes, mon avis est

qu'il faut continuer notre route afin de gagner
Trau ce soir. Qu'en pensez-vous, Teuta ?

— « Le temps est sombre, il y a de gros
nuages ; le vent soulève les flots avec violence ;
la montagne tremble ; un malheur nous menace !

— « Vous êtes bien superstitieuse pour une
femme d'un caractère si énergique et si fougueux.

— « Teuta a vu l'esprit des montagnes, répliqua-t-elle d'un ton solennel.

« Les Hongrois et quelques-uns des étudians pensèrent qu'il fallait continuer, et je
donnai cet ordre au guide, qui remit sa mule
au trot avec une répugnance bien marquée.

« Nous vérifiâmes nos armes ; et marchant
quatre de front, nous suivîmes le Dalmate avec
l'émotion que l'approche du danger fait toujours naître, mais assez bravement pourtant.

« La nuit tomba tout à coup. Cependant le
ciel, dans la direction du couchant, conservait
des clartés blafardes. Bientôt je pus me con-

vaincre que notre guide ne s'était pas trompé.
A de fréquens intervalles, j'aperçus au loin,
sur la cime des rochers blancs, des hommes
armés de leurs longues escopettes, dont les
cheveux et les amples manteaux flottaient au
vent; ces grandes figures avaient un aspect sauvage et se dessinaient nettement en noir sur le
ciel pâle; notre pauvre guide tremblait de tous
ses membres, tandis que moi j'étais heureux
d'éprouver des sensations qui jusqu'alors m'é-
taient complétement inconnues.

« Nous arrivâmes enfin au pied des gorges;
j'armai mes pistolets de bataille, et je caracolai
sur les flancs de ma petite troupe; cette disposition à les bien recevoir effraya sans doute
les montagnards, car ils nous laissèrent passer
sans vouloir même échanger avec nous un coup
d'escopette.

« A mesure que nous avancions, la tempête
devenait de plus en plus menaçante; elle éclata
comme nous mettions le pied sur la magnifique
plage de Castelli, et nous eûmes grand'peine à

parvenir jusqu'à la petite cité maritime de Trau.

— « Eh bien, ma superstitieuse, dis-je à Teuta en lui dérobant une caresse, nous voilà sauvés cette fois.

— « Il y a encore une journée de marche d'ici à Spalatro, me dit-elle ; ne nous réjouissons pas d'avance.

— « Sais-tu que ton caractère m'effraie ?

— « Oh ! quand tu seras chez moi, répliqua-t-elle d'un air suppliant, je t'aimerai, mon Francesco !

« Nous ne séjournâmes pas à Trau, malgré la merveilleuse beauté de ses environs (1). La cul-

---

(1) C'est le *Tragurium* des Romains. Dans le XVIIe siècle, une querelle littéraire redonna une grande célébrité à cette ville. C'est là que furent retrouvés dans la bibliothèque d'un certain Slatitius les fameux livres du voluptueux Pétrone, intitulés : *Fragmentum Petronii Arbitri ex libro decimo-quinto et sexto-decimo.* Ces fragmens eurent un prodigieux succès, et nous devons avouer que le *Festin de Trimalcion* méritait cet enthousiasme à cause de la peinture vraie qu'il contient des horribles mœurs romaines au temps de Néron.

ture de la plage est poussée jusqu'à ses dernières limites. On se croirait transporté à
Contessa, sur le versant des Pelores, non loin
de la molle et riante Messine; partout l'olivier
se mêle au dattier et à l'oranger; le palmier
d'Afrique élève son parasol dentelé au-dessus
des vignes qui étalent au soleil leurs riches et
fraîches guirlandes; c'est une végétation splendide, étonnante. Si l'Europe est là encore, on
sent qu'on va bientôt fouler la terre d'Orient, le
berceau du soleil.

« La tempête durait toujours; la mer était
furieuse; tous les vents semblaient déchaînés;
ils se croisaient en tout sens et soulevaient les
flots à une prodigieuse hauteur. C'était vraiment effrayant.

« La voie de terre nous ayant forcés de marcher dans la direction des ruines de Salone,
nous suivîmes la plage, rapprochant le plus
possible nos chevaux et nos mules afin de
mieux résister à l'ouragan. Nous cheminions,
enveloppés dans nos manteaux, sans prononcer

une parole, quand Teuta, dont les yeux étaient fixés sur la mer, s'écria tout à coup d'une voix vibrante :

— « Grand Dieu ! une galère en détresse !

« Je regardai. Un pauvre navire apparaissait à quelques milles venant du grand canal de Brazza ; il accourait vers la terre avec une effroyable vitesse ; ses mâts étaient brisés, son pont rasé, il n'avait pour ainsi dire plus de forme ; les malheureux qui le montaient faisaient des signaux désespérans, mais la violence de la mer était si grande qu'aucun marinier ne se souciait d'aller au secours de ces infortunés.

« Cependant le danger devenait de plus en plus imminent ; apercevant une marine à l'est, à tout hasard j'y poussai mon cheval pour essayer d'obtenir des secours à prix d'or ; mais, hélas ! le navire venait de toucher à la pointe de San-Giorgio.

— « La galère sombre ! s'écria de nouveau Teuta : ils vont tous périr !

« Quelques mariniers de Staffiléo se trouvant
sur la plage, je les suppliai, je leur montrai
de l'or, mais tout fut inutile; le navire sombrait, sombrait ! il allait à tout jamais disparaître quand, exaspéré par la résistance de ces
hommes, je me jetai dans une barque; le baron de Karlitz m'y suivit, deux mariniers se
piquèrent aussitôt d'honneur, et, s'élançant à
leurs rames, nous nous dirigeâmes vers la galère qui s'enfonçait de plus en plus dans les
flots.

« Ranimés par ce secours inespéré, les pauvres naufragés se jetèrent à la mer; après des
efforts inouis, nous parvînmes à en recueillir
cinq, mais notre frêle barque elle-même cha-
vira bien loin du rivage, et nous dûmes songer
à notre salut; nous luttâmes avec un courage
presque surhumain; à chaque instant des vagues monstrueuses nous engloutissaient, puis
nous reparaissions aussitôt à leurs cimes écu-
meuses; enfin une nouvelle barque vint à
notre secours; c'était la courageuse Teuta qui,

voyant notre détresse, l'avait montée avec mes
domestiques; nous nous y jetâmes Karlitz et
moi, puis nous recueillîmes de çà, de là, les
malheureux balottés par les vagues. Un seul
restait encore à quelque distance; mais la
barque était si pleine, que ramer en arrière
c'était s'exposer à la faire chavirer de nouveau.
Cependant les forces de cet homme étaient
épuisées; il avalait de minute en minute des
gorgées de cette eau de mer si âcre et si dévo-
rante; il ne se soutenait plus que faiblement
sur les flots irrités; il poussait des cris lamen-
tables!... Ne pouvant résister à ce spectacle
déchirant, je me mis complétement nu; et,
malgré les supplications de Teuta, malgré sa
terrible angoisse, je me jetai à la mer.

« Je l'atteignis comme il allait périr; je le
soutins sur les vagues avec une peine infinie;
et, après une lutte cruelle, nous arrivâmes
enfin au rivage.

« Cette galère était celle de Giorgio Sigorisch
qui avait péri avec Armolysich, tandis que

Ceco et quelques matelots avaient gagné la terre en nageant.

« Et l'homme que je venais de sauver au péril de ma vie, c'était mon plus terrible ennemi, — c'était Tiberio !

LXXIII

Le Palais de Dioclétien à Spalatro.

OÙ L'ON PROUVE QUE LA LIBERTÉ EST FAVORABLE A L'AMOUR.

> La volupté devrait être inépuisable.....
> Pourquoi ne suis-je un dieu !
>
> *Le Favori d'une belle dame.*

« Nous prodiguâmes à tous ces malheureux
les soins que nécessitait leur position péni-
ble; à chacun d'eux on laissa quelque argent,
des vêtemens; et, les ayant recommandés aux

pêcheurs de Staffiléo, nous nous remîmes aussitôt en route pour visiter Salone avant le coucher du soleil.

— « Voilà une singulière rencontre, dit le baron de Karlitz.

— « Fort singulière, en effet, répliquai-je.

— « Avais-je raison de vous dire qu'un danger nous menaçait ? reprit Teuta. N'avez-vous pas failli périr, ser ?

— « Vous avez veillé sur nous, noble femme ; et, sans votre courage, Karlitz et moi nous périssions ainsi que tous les Dalmates qui montaient la fuste.

— « C'est vrai, murmura le baron.

— « Les grandes actions de cette femme, dis-je au Hongrois, devraient vous guérir de vos préjugés gothiques, mon très cher.

— « Un serf sauve son maître, répliqua l'orgueilleux endurci, et pourtant il reste serf.

« A ces mots, je m'éloignai de lui avec humeur pour me rapprocher de ma belle Morlaque dont le visage était rayonnant.

— « Tu sembles bien heureuse ce soir, Teuta, lui dis-je.

— « Oui, je le suis en effet. Regarde, Francesco, cette haute chaîne de montagnes qui ferme l'horizon ; eh bien, derrière ces montagnes, vois-tu quelque chose qui ressemble à un brouillard ?

— « Oui.

— « C'est le commencement de la chaîne du Vergoraz ; c'est là que vivent nos tribus, — c'est ma patrie, Francesco !

— « La mienne est bien loin, lui dis-je.

— « Dis-moi, répliqua-t-elle, aurais-tu sauvé Tiberio si tu l'eusses reconnu ?

— « Je me serais de même jeté à la mer. Sans doute cet homme est mon ennemi ; mais peut-être nous sommes-nous trompés sur ses intentions ; il convoitait mon or, c'est vrai, mais rien ne me dit qu'il avait soif de mon sang.

— « Mais je le sais, moi, s'écria-t-elle avec

énergie, il t'aurait égorgé sans pitié, ce misérable!

— « Tu ne l'aurais donc pas sauvé, toi,
Teuta?

— « Non, car je suis une franche Morla-
que, et chez nous *qui ne se venge pas ne se sanctifie
pas!*

— « Pourtant, tu es chrétienne.

— « Oui, mais nous faisons bien pour bien
et mal pour mal! c'est ainsi que doivent agir
les cœurs énergiques ; mais je t'aime, je t'aime,
Francesco, car tu es bon, tu es le plus généreux des hommes; ceux qui avaient voulu te
dépouiller, t'assassiner, tu leur as donné des
vêtemens, de l'or, tu leur as sauvé la vie! —
Tu es un noble patricien, mon Francesco, et
je suis ton esclave! entends tu, ton esclave...

— « Salona! Salona! cria alors le guide en
interrompant brusquement les paroles pas-
sionnées de la belle Morlaque.

« Je jetai un coup d'œil rapide sur l'ensemble
de cette ville, au temps de Dioclétien si déli-

cieuse; hélas! ce n'était plus qu'un amas in-
forme de ruines; les voûtes du théâtre venaient
de s'écrouler; chaque jour les paysans démo-
lissaient quelque reste de palais pour y chercher des trésors; car les Dalmates sont comme
les Espagnols qui détruisent les merveilles de
l'architecture arabe pour déterrer les richesses
présumées de Boabdil. Je vis quelques belles
colonnes de marbre, les restes de l'aqueduc qui
conduisait l'eau au palais de Dioclétien, et des
chapiteaux, des sarcophages et des frises mu-
tilées en très grand nombre.

— « Comme tout meurt! m'écriai-je en
songeant à l'illustre soldat de Dioclée.

« Et, quittant ces tristes ruines, nous entrâmes dans un pays d'un aspect délicieux; les
montagnes disparurent, et nous vîmes, à l'extrémité d'un bassin couvert de vergers, Spalatro se dessinant sur la mer avec sa ceinture
de murailles et ses hautes campanilles.

— « Voilà donc enfin la liberté! s'écria
Teuta avec une fierté sauvage.

« Après un quart d'heure de marche nous arrivâmes à la porte *di San-Rainerio;* elle était encore ouverte, et j'allais suivre mes compagnons quand Teuta, arrêtant tout à coup sa mule, me dit en sautant à terre que sa demeure était au faubourg *de Lucio.*

— « N'as-tu pas le temps de revoir ta maison? lui dis-je en essayant de la retenir; viens me faire pour un jour encore les honneurs de Spalatro.

— « J'ai cruellement souffert pour l'amour de toi, Francesco, répondit-elle; tes amis m'ont martyrisée, et je veux jouir désormais de ma fière indépendance.

— « Comment! m'écriai-je désolé, tu songerais déjà à une séparation?

— « Ce n'est pas moi, dit-elle respirant à peine.

« Et son sein se soulevait, et ses longues paupières s'abaissaient timidement.

— « Alors je reste avec toi, ma bonne

Teuta, repris-je avec une joie d'enfant; veux-
tu me donner l'hospitalité?

— « Si je le veux! ah! Francesco....

« Puis, s'élançant avec impétuosité sur sa
mule, elle la dirigea sans prononcer un mot
vers le faubourg dont les habitations appa-
raissaient dans des massifs d'oliviers et de
caroubiers.

« Une maisonnette bien mesquine, mais
d'une blancheur éclatante, étalait son toit de
roseaux chargé de dalles à l'ombre de quelques
figuiers; c'était la demeure de la Morlaque.
Cette simplicité me séduisit, moi, qui avais
habité le Louvre! — Notre bonheur vient bien
souvent des contrastes : Junon et l'Olympe ne
plaisaient pas toujours à Jupiter.

— « Enfin, s'écria-t-elle avec un enthousiasme qui tenait du délire, te voilà chez moi,
Francesco! Le sceptre du monde ne me ferait
pas renoncer à ce bonheur; je suis fière de
mon amour. Je n'ambitionne plus rien. Toi
aussi, tu m'as dit que tu m'aimais, et tu ne me

IV.   15

tromperas point, j'en suis sûre, car tu m'as défendue contre l'orgueil de tes amis. Ah! Francesco, je suis bien heureuse!

« Et cette femme, jusqu'alors si lionne, ne comprima plus le sang qui brûlait ses veines; elle donna l'essor à toutes ses passions impétueuses; je trouvai la femme voluptueuse de l'Orient telle que je l'avais toujours rêvée, mieux encore, peut-être; et elle me fit bien voir qu'elle savait apprécier tous les charmes puissans de la liberté! — Je fus heureux comme un sultan.

« Plusieurs jours s'écoulèrent au milieu des fêtes de notre amour. Lucio était pour moi une autre Capoue; et, entre nous, Annibal avait bien raison de jouir de la vie. J'avoue maintenant que j'eus un vif plaisir à imiter le *far niente* de ce grand homme.

« Quant à mes compagnons, qui n'étaient pas très voluptueux, ils vinrent, sans façon aucune, pour me faire honte: Je leur répondis par une homélie superbe à propos des jouissances extatiques de l'amour ; ils se fâchèrent, me querellèrent, et si bien, que je les envoyai au diable !

« Cependant je voulais visiter Spalatro et les restes du merveilleux palais de Dioclétien. Qui ne se souvient de Salone et de l'abdication de cet illustre empereur, de cet homme de génie si grand, si bon, si généreux, que les écrivains chrétiens des premiers siècles ont tant rabaissé, tant calomnié à propos d'une persécution qui n'émana pas de lui ! (1)

« Je fis comprendre ma curiosité à Teuta qui ne pouvait craindre un lâche abandon, tant je l'aimais ! Elle me fit toutefois promettre de revenir dès le soir même, chose à laquelle

---

(1) Le véritable auteur de la persécution fut Caïus Valerius Galerius, ennemi acharné des malheureux chrétiens. Suivant un auteur ancien, il fit mettre le feu deux fois au palais de l'empereur à Nicomédie, et accusa de ces crimes les sectaires du Christ. Dioclétien, poussé à bout par ces faits et par Galère, signa la persécution, exigeant seulement qu'on les privât de leurs emplois et qu'on les chassât de l'armée. Mais la férocité de Galère n'avait pas de bornes, et il livra le nom d'un excellent prince aux accusations de la postérité.

je m'engageai de grand cœur ; et, tout heureux,
je pénétrai dans cette ville si célèbre.

« Quand j'arrivai au port et que la façade
maritime du palais de Dioclétien m'apparut, je
fus émerveillé. La grande colonnade était debout encore, à peine mutilée. Quelle main
puissante que celle qui édifia cette merveille !
comme nos rois semblent petits à côté de ces
orgueilleux Césars qui, dans la retraite, après
la chute de leur pourpre et de leur épée, dis-
posaient encore d'assez de ressources pour créer
des choses aussi gigantesques ! A dater de ce
jour, le génie et le caractère de Dioclétien
m'ont semblé plus grands ; et j'ai pensé qu'un
homme dont l'intelligence était si belle et si
vaste n'avait pu commettre les crimes dont
l'antiquité l'accuse.

« De l'extérieur du palais je passai à l'intérieur ; on y a percé des rues, construit des
maisons : là aussi est le magnifique temple consacré à Jupiter, une merveille que les plus
grands artistes de Rome, de la Grèce et de la

Sicile avaient édifiée. A quelque distance, je
vis un temple d'un autre ordre que Dioclétien
plaça sous la protection d'Esculape, et je m'en
allai, l'esprit pénétré de toutes ces puissantes
créations des âges écoulés !

« Spalatro possède un lazaret somptueux, si
toutefois on peut appliquer ce mot à un monument que la peste et la lèpre visitent si souvent.
Autrefois, cette ville était le rendez-vous de
toutes les caravanes qui venaient de la Turquie,
et son négoce avec le Levant était considérable.
En quittant le vieux palais, j'allai dans la direction du môle, et je vis une nombreuse caravane qui s'apprêtait à partir pour Constantinople; j'examinai ces Turks avec une curiosité
infinie; leurs physionomies farouches, leurs
vêtemens, leurs coutumes, tout cela était si
nouveau pour moi que j'en étais ravi.

« Mais, pendant que j'éprouvais tant de
bonheur par le cœur et par les souvenirs, des
événemens graves avaient lieu ailleurs, et la
mauvaise fortune allait revenir pour moi.

« Quand j'arrivai chez Teuta à la nuit tombante, je la trouvai tout éplorée, les vêtemens
et les cheveux en désordre, et ce ne fut pas sans
éprouver un certain trouble que j'entendis la
révélation suivante :

LXXIV

La Caravane turque.

> Ne manque pas d'écraser la tête du serpent qui a voulu te mordre. Il faut autant que possible purger l'humanité des méchans qui la dévorent.
>
> COMTE L. DE CHARNY. *De l'Avenir.*

« Dieu est parfois vengeur et juste, me dit la belle Morlaque ; mais parfois aussi les meilleures créatures sont abandonnées par lui à la rage des méchans. Ecoute, Francesco. L'esprit

des montagnes ne m'était pas en vain apparu
d'une manière si menaçante ; sans notre excursion aux cascades de la Kerka, nous étions perdus, car Armolusich et Céco nous attendaient
au-delà des ruines de Salone; mais, voyant
l'expiration du délai que l'infâme Tiberio leur
avait assigné, ils ont pris une barque et sont
allés rejoindre la galère de Giorgio qui croisait
près du canal; tu sais le reste. La vengeance
divine a soufflé sur leur galère et l'a en-
gloutie.

« Mais tu as réchauffé dans ton sein un
serpent, malheureux Francesco ! poursuivit-
elle; ce Tiberio a juré ta perte et mon désespoir; il veut ton sang et ton or ; il est à cette
heure vers les montagnes pour se faire des créatures, des instrumens odieux ! Ainsi, tiens-toi
sur tes gardes, engage tes amis à venir demeurer à Lucio, près de nous; ne me quitte pas
surtout, car Ceco...

— « Qu'a-t-il résolu, cet assassin ?

— « Oh ! ne le traite point ainsi ce malheur

reux. C'est par lui que je sais le danger qui te
menace : Tiberio a voulu l'entraîner dans son
criminel complot ; mais, profondément ému de
tes bonnes actions et plein de reconnaissance
pour le service que tu lui as rendu, il s'est
éloigné.

— « Voilà un vertueux pirate ! dis-je en souriant d'un air dédaigneux.

— « Si tous avaient la vertu de Ceco, reprit
Teuta, mon inquiétude serait moins cruelle.
Mais tu m'as parlé du désir que tu avais de visiter les montagnes du Vergoraz, l'occasion est
favorable, préviens tes compagnons et partons
dès demain.

— « Ce projet n'est pas dépourvu de sagesse.

— « Ici, Francesco, reprit-elle, je suis une
pauvre veuve isolée de ma tribu, sans aucune
puissance ; je suis malheureuse, et je ne peux
te protéger ; mais, dans le Vergoraz, je suis
reine !

— « Eh bien ! ma bonne Teuta, m'écriai-je
en retrouvant toute ma gaîté, nous partirons

demain ! — Et maintenant, bannis de ton esprit les tristes paroles de ce Ceco, pour ne
plus songer qu'au plaisir.

« Sous ce rapport seulement les femmes sont
presque toujours de notre avis. Teuta était
femme, et nous nous endormîmes en nous
jurant un amour que la vieillesse, cette déso-
lante marâtre, n'éteindrait pas.

« Oh ! comme ils mentent, les amoureux !
Mais, après tout, je ne sais si on doit considé-
rer les sermens passionnés comme des mensonges. — On a tant de bonne foi quand on
aime et qu'on est aimé !

« Pendant que nous dormions fort amou-
reusement dans les bras l'un de l'autre, des
hommes, tous animés par les passions les plus
criminelles, rôdaient autour de la demeure de
Teuta. Ils se consultèrent long-temps à voix
basse, ne sachant comment pénétrer dans
cette maison solidement fermée. Mais ce n'é-
taient pas des hommes faciles à rebuter que
ces montagnards, et celui qui semblait leur

chef, ayant arraché un des pieux de l'enclos,
il l'introduisit au bas de l'huis, qui tomba violemment.

« Ce bruit m'éveilla, et je me jetai aussitôt
hors de la couche voluptueuse pour m'empa-
rer de mon kandjar et de mes pistolets. A
peine étais-je debout, que dix hommes se pré-
cipitèrent dans la chambre, précédés par un
porte-torche, et, à la tête de ces montagnards
à figure sinistre, je reconnus le misérable Tiberio.

— « Ainsi, vous l'avez vu, s'écria-t-il avec
une férocité peu commune, il était dans les
bras de l'indigne veuve de Marco Sigorisch,
— de mon frère ! Cet homme nous a tous dés-
honorés. Son sang ne suffira pas pour effacer
l'offense ! Vous êtes alliés aux Sigorisch, ce
nom vous est cher, ne le vengerez-vous pas ?

— « Oui, oui, nous le vengerons !

— « Vous êtes tous des misérables ! m'écriai-
je. Et toi ! infâme Tiberio, qui sembles si poin-
tilleux à propos de la moralité, si tu voulais dire

toute ta pensée, on saurait que mon or que
tu désires est le seul promoteur de ta sainte
colère, mais c'est peine perdue. Quant à ma
vie, je la vendrai très chèrement, je vous le
jure, mes braves patriciens; et si vous faites
un pas vers moi, quatre d'entre vous me pré-
céderont chez les morts.

« J'avais armé mes pistolets et je les atten-
dais avec une résolution superbe.

« Teuta regardait cette scène avec des yeux
secs et farouches.

« Un des montagnards entraîna Tiberio dans
un coin et lui dit que Teuta étant une vile
Morlaque, il ne voyait pas la nécessité de laver
l'insulte dans le sang d'un si beau seigneur.

— « Oh ! si c'était une Dalmatienne, murmura-t-il, je l'égorgerais de mes propres mains,
mais nous pouvons nous contenter d'une
rançon.

— « Crois-tu que l'honneur des Sigorisch
sera satisfait?

— « Certainement !

— « Amis, s'écria le rusé Tiberio (car cette comédie était de son invention), vous contenterez-vous d'une rançon de ser Francesco pour la souillure qu'il a faite à vôtre nom?

« Les scélérats s'entre-regardèrent et répondirent oui à l'unanimité.

— « Tu les entends, me dit Tiberio avec une audace effroyable; ainsi remercie le ciel de t'avoir suggéré des ennemis aussi magnanimes. Je me rends aux prières de mes parens, et, comme eux, je consentirai à recevoir une somme de deux mille sequins d'or en compensation de l'affront que tu nous as fait.

« Ces paroles singulières me jetèrent dans une indécision facile à comprendre. Je ne savais si je devais rire ou m'abandonner à l'indignation. Enfin celle-ci l'emporta, et j'éclatai.

— « Oses-tu bien, malheureux, lui répliquai-je, oses-tu bien, après ce que j'ai fait pour toi, venir me faire des propositions semblables? Tu mesures tous les hommes à ta taille! Parce que tu es infâme, tu crois trouver dans les autres cœurs un écho à ton infamie! Va, tu peux étouffer ton espérance; tu n'auras plus rien de moi.

— « Ou ton or ou ta vie, reprit Tiberio. La conduite de cette courtisane a soulevé contre nous l'esprit de la tempête : notre fuste est brisée; et, pour que je puisse me remettre en mer, il me faut de l'or.

— « Prends du service chez les Vénitiens, tes maîtres.

— « Les vrais Dalmates n'ont pas de maîtres; ils n'ont que des amis ou des ennemis. Mais voyons, hâte-toi; il nous faut deux mille sequins d'or.

— « Je n'en ai pas. Le baron de Karlitz est mon trésorier, et il se trouve en sûreté dans la forteresse de Spalatro.

— « Voilà ce que je craignais, murmura-t-il en s'adressant à ses complices. Que faire ?

« Après quelques instans de silence, il se retourna vers moi en me disant :

— « Veux - tu t'engager à nous compter demain, une heure avant le coucher du soleil, dans le désert, sur le chemin qui mène à la forteresse de Clissa ou dans les ruines de Salone, les deux mille sequins d'or ? — Après cela, tu seras libre.

— « J'ai toujours résisté à la force et au crime, répliquai-je fièrement.

— « Ainsi tu n'acceptes pas ?

— « Non, Tiberio.

— « Tu veux donc mourir ?

— « Je ne crains pas la mort, et j'ai pour toi le plus profond mépris.

— « Prends garde, étranger !

— Oh ! sois tranquille. Mes armes ne me feront pas défaut.

— « Ainsi ta résolution est inébranlable ?

— « Inébranlable!

— « Eh bien ! je le jure par l'esprit de mes deux frères, s'écria-t-il les dents serrées, la Dalmatie sera ton tombeau !

— « Alors nous succomberons sur le même sol, Tiberio, car je ne t'épargnerai pas.

— « Si demain nous n'avons pas les sequins, reprit-il en donnant le signal du départ, tu ne rentreras pas à Spalatro.

— « Au moins, m'écriai-je en l'ajustant, j'irai une dernière fois pour dénoncer au pro-véditeur un infâme pirate, nommé Tiberio Sigorisch, qui écume la mer sous la sauve-garde du lion de Saint-Marc !

« Mon attitude hostile et ma fermeté l'ayant effrayé, il se précipita dans l'enclos à la suite de ses affreux compagnons.

— « Qu'as-tu fait, malheureux ! s'écria Teuta en s'élançant de sa couche ; tu viens de nous perdre tous deux avec ta dernière parole. Quelle imprudence, mon Dieu ! Ils t'assassi-neront ; tu dois comprendre que la moindre parole de toi peut les perdre ; et Tiberio n'est pas un homme à se laisser surprendre : il ira au-devant de tout ! Ah ! mon pauvre Francesco !

— « Rassure-toi, ma bien-aimée ; je serai

plus prompt que lui, et nous partirons pour le
Vergoraz.

« Elle alluma une lampe; et, après avoir pris
les plus grandes précautions, nous relevâmes
la porte, que j'ajustai tant bien que mal.

« Puis, m'étant habillé, je me tins prêt à
tout événement. Teuta, malgré sa puissante
énergie, semblait brisée par les nouvelles menaces de Tiberio; j'eus beau faire pour la ras-
surer, tout fut inutile. Son imagination était
frappée, et la superstition aidant, il s'ensuivait
un redoublement de désespoir.

« Mais nous étions bien loin de la fin de
nos épreuves!

« Malgré moi, je m'étais assoupi près de ma
belle maîtresse éplorée, lorsqu'après une longue attente la porte fut soulevée de nouveau,
mais avec des précautions plus grandes. Les
Dalmates entrèrent précipitamment, je fis feu;
plusieurs tombèrent; et, saisissant alors mon
kandjar, je me défendis avec fureur; mais eux,
s'élançant comme des lions, me terrassèrent,

IV.   16

et, liant fortement mes bras, ils m'entraînèrent après m'avoir préalablement bandé les yeux et bâillonné.

« Nous marchions depuis quelques minutes quand le pirate donna l'ordre de s'arrêter ; une dizaine de mules nous attendaient ; on me força d'en monter une, et l'on m'emmena aussitôt avec une grande vitesse. Après une course de deux heures, toute silencieuse, on retira l'horrible bandeau qui couvrait mes yeux, et je me trouvai au milieu de dix hommes armés ; le jour commençait à poindre ; je jetai un regard désolé sur tout ce qui m'entourait. C'était une nature sauvage, âpre, montagneuse ; mon inquiétude était extrême. Où me conduisaient-ils, ces misérables ? Me réservaient-ils donc à un effrayant supplice, qu'ils m'entraînaient si loin ! Je m'adressai à un de mes bourreaux, et je le priai de me dire ce qu'on avait fait de Teuta, car sa vie m'était bien plus chère que la mienne.

« Cet homme resta silencieux comme un eu-

nuque muet. J'essayai de le fléchir; mais, n'ayant
pas d'or à lui jeter, il fut inexorable. Mon es-
corte, cheminant ainsi dans un effrayant silence au milieu d'une nature triste et impo-
sante ressemblait assez à ces démons dont
parlent les vieilles légendes quand ils entraî-
nent un damné dans les sombres chemins de
l'enfer.

« Vers le milieu du jour nous arrivâmes au
sommet d'une longue chaîne de rochers, et je
vis se dérouler sous mes yeux une vaste plaine
inculte; à gauche et au fond, des montagnes
bleues, nuancées de blanc et de gris, fermaient
l'horizon, tandis que dans la direction du nord,
à ma droite, je plongeais sur le vaste archipel
de la Dalmatie. — Où me conduisait-on, hélas ?
Il y avait certes bien de quoi se laisser abattre
par le découragement. — J'étais sur les frontières
de la Turquie!

— « La caravane, la caravane ! s'écria tout à
coup Tiberio le pirate en lançant sa mule au
galop.

« Je regardai. Des hommes, en grand nombre, étaient assis sur un tertre dans la longue plaine : leurs chevaux et leurs mules se reposaient près d'eux. A voir le tertre bigarré de manteaux rouges et bleus, de masses blanches et jaunes, d'armes qui ruisselaient au soleil, on devinait que c'étaient des Turks, — et c'était en effet la caravane que j'avais vue la veille à Spalatro au moment de son départ pour l'Asie.

« Tiberio eut une longue conférence avec l'imâm ou chef de tous ces marchands; et quand nous arrivâmes, il me conduisit vers cet homme; c'était un long et sec vieillard à la mine fière; sa longue barbe grise tombait sur sa poitrine, et, comme insigne de son autorité, il portait un ample *gilabias* (1) et un turban blanc avec des torsades rouges.

« On me conduisit ensuite vers deux ou trois hoummars ou conducteurs d'ânes et de mules;

---

(1) Grand manteau bariolé de noir et de blanc que portent ordinairement les chiefs des caravanes.

ils me donnèrent quelques dattes, un morceau de galette et me firent signe de manger, car on partirait bientôt; mourant de faim et de fatigue, j'acceptai.

« Pendant que je faisais ce frugal repas, l'imâm comptait des sequins à Tiberio; après quoi, remontant sur sa mule, il salua les Turks, et accourant vers moi il me dit d'une voix tout à la fois railleuse et féroce :

— « Va, maintenant, le nom de Sigorisch est bien vengé. Adieu !

« Et, rejoignant ses compagnons, tous disparurent bientôt au galop de leurs mules, derrière une des nombreuses ondulations de la plaine.

« Quant à moi, on me jeta un méchant bénich brun sur les épaules pour remplacer mon manteau, que les montagnards m'avaient volé, puis, pour coursier, on m'amena un vieil âne, et la caravane se remit en route.

« Nous entrâmes dans les montagnes fameuses du Vergoraz ; la caravane laissa sur la

droite la bourgade qui porte ce nom ; je re-
marquai que le chef évitait avec soin les pays
habités ; on chemina presque toute la nuit, et,
le lendemain, nous campâmes à une demi-
journée de Mostar, sur la rive turque de cette
Xabiac, si célèbre par la victoire de Teuta.

« Alors on me laissa pénétrer jusqu'au chef,
qui me fit un sélam ou salut assez courtois
pour un marchand turk ; voyant cela, je lui
demandai, en dialecte dalmate, ce que signifiait cet enlèvement, ce qu'il comptait faire de
moi.

— « Allah-Kérim ! — Dieu est grand ! — répliqua-t-il d'un ton parfaitement insouciant ; ce
maudit gdiaour de Spalatro t'a vendu à moi
mille sequins d'or ; et, comme tu es beau,
brave, savant, que tu es imâm, — chef, émir
parmi les tiens, j'espère te vendre au sultan
le double ou le triple ; inch-allah ! — s'il plaît à
Dieu.

— « Mais c'est une machination infâme !
m'écriai-je exaspéré. Savez-vous, chef, que

votre tête courra de grands risques quand on saura que vous, vous êtes prêté à ce complot odieux ?

— « Nul ne le saura, gdiaour, repartit le Turk avec une impassibilité qui augmentait ma fureur. Cependant, si tu veux me payer deux mille sequins d'or pour ton rachat, il te sera facile d'envoyer demain un messager à Spalatro ; je dois rester cinq jours à Mostar.

« Et là-dessus il me tourna le dos fort tranquillement et se remit à fumer son tchoubouck. »

« Ainsi moi, Bassompierre, on m'avait vendu comme un Abyssinien, comme un ballot d'étoffes ; j'étais esclave enfin, et cette caravane m'allait traîner peut-être jusqu'au fond de l'Asie !

« Songez-vous, messieurs, quel dut être mon désespoir en me voyant ainsi à la discrétion de ces barbares ? Je croyais bien ne jamais revoir notre belle patrie, notre France, que j'avais quittée par un caprice absurde, quand, ce jour même, après la méridienne, comme les Hoûmmars et les Saïs sellaient nos montures, j'entendis un grand bruit d'hommes et de chevaux, auquel succéda ce cri poussé par une femme :

— « La caravane, la caravane ! En avant, fils du Vergoraz !

« Puis quelques coups de fusil vinrent effrayer les riches trafiquans de l'Orient, et, avant qu'ils se fussent mis tous en défense, Teuta, l'admirable Teuta, car c'était elle, accourait comme une amazone avec ses frères, les fiers Morlaques du Vergoraz.

LXXV

Les Morlaques du Vergoraz.

> Deux grandes passions se partagent mon
> cœur : — l'amour et la vengeance.
>
> *Un Poète.*

« Voici les causes qui avaient mis ma maîtresse sur mes traces, poursuivit Bassompierre.

« Après que Tiberio et ses complices m'eurent enlevé, quatre grossiers montagnards

restèrent près de Teuta jusqu'à l'aube du jour, afin de l'empêcher de sortir et d'implorer des secours de ses voisins de Lucio ou des soldats de la *Porte du Palais :* après cela, ils la laissèrent et reprirent le chemin de leur pays.

« Teuta, furieuse et désespérée, courut à Spalatro; elle dénonça Tiberio au provéditeur, instruisit de ce qui s'était passé Karlitz et mes autres amis; puis, ayant découvert dans une osteria borgne de *Borgo-Grande* l'illustre Ceco, elle l'amadoua tellement, lui promit tant de choses, que l'amoureux pirate ne pouvant résister aux prières de la belle reine du Vergoraz, lui confia le secret de Tiberio qu'il n'avait pas voulu accompagner dans sa course odieuse.

« Il n'y avait pas un instant à perdre. Quoi! vendu aux Turks, pensait-elle, le désespoir le tuera. Oh! je veux le sauver! dussé-je·y périr! Voilà quelles étaient les pensées de cette noble femme. Dans son enthousiasme aveugle, elle

alla chercher mes deux domestiques, et, leur or-
donnant de la suivre, ce qu'ils firent, elle prit
avec eux la route que suivaient d'ordinaire les
caravanes.

« Son arrivée dans le pays de ses frères ex-
cita des transports d'allégresse que je ne peux
décrire; de toutes parts, on accourait pour la
voir, pour lui offrir des fêtes. Les peuples pri-
mitifs possèdent à un haut degré l'enthousiasme. Chez eux, l'héroïsme est la première
des vertus, et ils l'exaltent d'une manière infinie afin de le faire germer dans toutes les
âmes; chez les peuples civilisés au contraire,
l'envie et la jalousie détruisent les nobles élans,
et on l'étouffe sous une froideur étudiée.

« Teuta remercia ses compatriotes avec l'ef-
fusion la plus vive et la plus touchante; puis,
retrouvant toute son énergie, elle dit à ses
frères :

— « Un étranger, un homme d'un pays au-
delà des mers qu'on nomme la France, est
venu pour combattre les Turks, nos éternels

ennemis. C'est un patricien, mais bien différent
de ceux de Venise, car celui-là est l'ami des
Morlaques. Des hommes et des femmes souf-
fraient, ils les a soulagés; une galère dalmatienne venait de sombrer, il se jeta au milieu
des ondes mugissantes comme l'esprit de la
tempête, et l'équipage fut sauvé; ces Dalmates
avaient juré sa mort, eh bien! il leur a donné
de l'or et des vêtemens. Cet homme, je l'aime
comme chaque jeune fille aime sa *posestrimé*,
comme chaque Morlaque chérit son *pobratimi;* (1)
— je l'aime plus que la liberté dans nos montagnes, plus que le rayon de soleil qui nous ré-

---

(1) Chez les Morlaques, c'est une union admirable. Ces liens
sont plus étroits encore que ne l'était chez nous, au moyen âge,
l'amitié qui unissait deux *frères-d'armes*.

« Quand les Morlaques ont résolu de former ces liens, ils se
« rendent ensemble à l'église accompagnés de leurs parens réci-
« proques, et là, le prêtre bénit ces nœuds qui deviennent invio-
« lables. Deux filles unies de la sorte s'appellent *posestrimé* et les
« hommes *pobratimi*. Ils sont inséparables pour le reste de la
« vie; tout alors devient commun entre eux; plaisirs, chagrins,
« dangers, injures, revers, fortune, il n'est rien que le *pobratimi*
« ne partage avec son camarade et la *posestrimé* avec son amie :
« le sacrifice de la vie même a souvent signalé ces grands atta-

chauffe, plus que mon existence; je l'aime autant que la patrie! Cet étranger avait reçu l'hospitalité dans ma maison de Lucio, et les cruels
Dalmates qu'il avait arrachés aux flots sont
venus violer cette hospitalité qui le rendait
heureux, et ser Francesco a été vendu par leur
chef à la caravane de Constantinople comme un
vil esclave!

— « Honte, honte aux Dalmates! s'écrièrent
les Morlaques exaspérés.

— « Et, comptant sur votre amitié, reprit
Teuta, je suis venue, mes frères, je suis venue
pour implorer le secours de vos bras vengeurs!
La caravane se dirige sur Bosna-Seraï par
Mostar; courons l'attendre à la Xabiac, ce théâ-

« chemens; et si la désunion vient à se mettre entre deux *pobra-*
« *timi*, on regarde cet événement comme une calamité publique
« et comme le signal de quelque grand malheur dont la nation
« est menacée. »

J. LAVALLÉE. *Itinér. du Voy. de Cassas.*

Aujourd'hui, ces liens sont quelque peu affaiblis à cause des
relations que les Morlaques ont avec les Dalmates, les Vénitiens
et les Anconitains; mais néanmoins la plupart de ces belles
et naïves coutumes subsistent encore.

tre fameux de votre gloire ; il en est temps encore, et nous arracherons à l'esclavage et peut-
être à la mort un guerrier dont tous les Morlaques seraient fiers de faire leur *pobratimi !*

« Tous les Morlaques étaient frémissans. Ils
bondissaient, ils portaient la main à leurs
armes.

— « Partons! s'écriaient-ils, que tous les
guerriers du Vergoraz se lèvent! Courons s'il
le faut assiéger Mostar; debout, enfans du
Vergoraz !

« Teuta les entraîna dans leur ivresse, et le
second jour ils arrivèrent comme la caravane
allait partir.

« Le choc fut effroyable. L'imâm, voyant
arriver sans cesse de nouveaux ennemis, se résolut à la fuite, laissant au pouvoir des Morlaques une partie de ses bagages et de ses plus
courageux hammoûrs; un gros de montagnards
poursuivit les Turks le kandjar sur la tête
jusque vers Mostar qui leur ouvrit ses portes
protectrices.

« Teuta, que la joie de m'avoir retrouvé
rendait presque folle, me couvrait de caresses
au milieu de cette foule guerrière; elle me pré-
sentait à chaque Morlaque, et ces fiers montagnards, encore tout sanglans, m'embrassaient,
me choyaient, et faisaient retentir l'air de cris
d'allégresse.

« Puis on repartit pour les sauvages et im-
posantes montagnes du Vergoraz. La nation
tout entière voulut célébrer le retour de Teuta,
de ses guerriers, et ma miraculeuse délivrance;
les jeunes gens les plus beaux et les hommes les
plus graves accoururent de toutes parts; il y eut
des fêtes pendant deux semaines; et je peux dire
que jamais chez aucun peuple, l'hospitalité ne
fut poussée plus loin. — Là, tout est en commun. Quand un Morlaque n'a plus rien, il va
chez son voisin, s'y installe, vit de sa vie, et
l'autre ne trouve jamais qu'il l'importune.

« Le jour le plus solennel, on dansa des
danses voluptueuses empruntées sans doute à
l'Asie; puis, à la fin du festin du soir, un

homme jeune, d'une beauté peu commune, aux longs cheveux noirs, au front vaste et rayonnant d'intelligence, se leva; — son regard perçant plana sur la nombreuse assemblée qui se tut aussitôt, et alors cet imposant guerrier improvisa un chant en dialecte illyrico-slave que je traduisis sur les lieux mêmes, grâce à ma belle maîtresse.

« Le voici :

CHANT NATIONAL DES MORLAQUES.

« Le Vergoraz est la patrie des guerriers. Le ciel fit « ses montagnes inaccessibles, et nous sommes rudes « et âpres comme nos rochers! Le sol du Vergoraz ne « nourrit ni Haiducks ni Allemands, ni Turks ni « Dalmates; — il ne nourrit que des hommes : les « Morlaques !

« La cataracte qui se précipite avec le bruit et la « vitesse de la foudre; — la terrible avalanche roulant « ses masses d'eaux de colline en colline; la flèche qui

« siffle et vole vers le but, lancée par une main vi-
« goureuse ; la pensée ardente de l'homme qui désire ;
« voilà quelle est la vitesse du Morlaque en fureur.

« Quand la vengeance a secoué ses ailes noires sur
« le Vergoraz, nos guerriers donnent le baiser d'a-
« mour à leurs épouses et ils courent vers l'ennemi.
« Il faut que l'offensé triomphe ou qu'il meure. Tant
« que son ennemi respire, un Morlaque n'est pas vengé.

« La vengeance ! la vengeance ! c'est la passion des
« grandes âmes ! les cœurs froids ne la comprennent
« pas ; ils s'arrêtent au mépris.... Mais la vengeance
« annonce un homme ! C'est une flamme qui anime
« la tête et le cœur. — Aussi le Morlaque du Ver-
« goraz a pris cette fière devise : — *Qui ne se venge*
« *pas ne se sanctifie pas !*

« Mais si la vengeance pour nous est sainte, notre
« amour égale nos haines. Heureuse l'âme aimée
« d'un homme énergique ; rien n'égale sa tendresse.
« Il apporte dans les joies de son cœur la même fougue

IV. 17

« que celle qu'il déploie contre ceux qui l'ont offensé.
« Oh ! les Morlaques sont des hommes !

« L'hospitalité, dans le Vergoraz, fut-elle jamais
« violée ? Peut-on parler d'un rapt, d'une violence ?
« On dit que nous sommes des barbares ; mais un
« voyageur peut dormir sous notre sauvegarde ; le
« stylet n'éteint pas sa vie ; nul patricien ne vit de nos
« sueurs, nous n'avons pas de dix , ni de sénat, ni de
« doge, ni d'espions ! Notre existence est aventu-
« reuse ; et, comme l'oiseau de la tempête, nous
« jouissons de la liberté ! !

Quand le poète eut fini sa chaleureuse impro-
visation, des cris d'enthousiasme éclatèrent ; on
entoura le poète guerrier ; les jeunes filles l'embrassaient ; les hommes lui présentaient leur
coupe remplie de vin, afin qu'il y portât ses
lèvres. Je les imitai ; alors cet homme, pour me
faire honneur, vida la mienne, et à son tour il
m'offrit son bukakra.

« Mais cette vie de fêtes devait avoir un

terme; je fus forcé de quitter ces braves peuplades qui voulaient me garder au milieu d'elles; les guerriers vinrent me conduire jusqu'au territoire des Almissans, et là nous nous séparâmes.

— « Tu devrais rester, Francesco, me disait Teuta, le Vergoraz te choisirait pour chef; tu serais roi.

— « Le devoir et l'honneur me rappellent en Hongrie, ma bien-aimée, et Teuta ne me conseillera pas une félonie.

« Elle ne répondit pas; et, toute pensive, elle fit diriger notre petite troupe vers la mer, afin de nous embarquer pour Fiume, la seule ville maritime de la Hongrie.

« Des galères croisant alors à Almissa, j'en frétai une, et il fut convenu que nous partirions le lendemain pour Zara; le soir, comme nous nous promenions, Teuta et moi, vers la marine, elle eut tout à coup un mouvement convulsif qui me fit tressaillir.

— « Qu'as-tu? m'écriai-je.

— « Oh ! rien.... rien, répliqua-t-elle ; c'est une idée de femme. Il m'a semblé voir un homme s'enfuir par la ruelle voisine, et cet homme ressemble à Tiberio.

— « C'est lui peut-être, dis-je d'une voix émue, car ce scélérat me faisait presque peur.

— « Non, je me serai trompée, Francesco. Mais, comme je suis accablée de fatigue, rentrons à l'osteria.

« Elle achevait à peine ces paroles, qu'un homme se précipita sur elle ; et, avant que j'eusse pu me jeter au-devant, il l'avait frappée d'un coup de poignard.

— « Tu aurais dû rester au milieu de tes sujets, reine du Vergoraz, s'écria le misérable pirate, — car c'était bien Tiberio.

« Teuta ne répondit pas ; mais, arrachant rapidement le stylet resté dans la plaie, elle frappa son cruel ennemi au cœur, et le coup fut si violent qu'il tomba.

— « Au moins je mourrai vengée, murmura-t-elle.

« Ce courageux effort l'ayant brisée, elle m'adressa quelques tendres plaintes, et tomba évanouie.

« Je l'emportai dans mes bras à l'osteria ; les soins les plus touchans furent prodigués à cette noble femme ; mais la blessure était mortelle, et, le troisième jour, elle expira.

— « Je te rends ta liberté, cher Francesco, me dit-elle d'une voix éteinte quelques minutes avant notre séparation fatale : c'est heureux sans doute ; car, malgré mon amour, tu aurais peut-être regretté tes amis, ta patrie, et ta tristesse m'aurait rendue bien malheureuse ! — Adieu, noble ser, je m'en vais aller prier Dieu qu'il te fasse une vie pleine d'allégresse ; je t'aimerai où je serai si l'on conserve sa mémoire. Je souffre cruellement... mais nous sommes vengés ! — Adieu !!

« Le cœur navré, je m'enfuis de ce territoire maudit, regagnant la Hongrie en toute hâte pour faire cette fameuse campagne contre les

Turks, où tant de sang fut versé. Le souvenir de Teuta me poursuivit bien long-temps encore; et, une fois de retour en France, je restai au moins trois mois sans faire le dangereux, ce qui parut si étrange aux dames, qu'elles disaient déjà qu'un grand malheur avait dû m'arriver en guerroyant contre les Turks.

« Mais mon caractère prit enfin le dessus et bientôt je leur fis voir qu'ils n'avaient eu de moi que de grands coups d'épée. »

— Eh bien! cher neveu, dit l'abbé de Foix, j'aime beaucoup cette singulière aventure; cela m'a appris une foule de choses que j'ignorais. Nul ne connaît les mœurs de ces peuplades illyriennes, et, entre nous, je ne vous croyais pas capable, mon cher Bassompierre, de nous faire ainsi de l'histoire et de l'archéologie. Fabri de Peiresc pourrait à bon escient devenir jaloux s'il vivait encore le grand homme!

— M. le maréchal a une foule de talens cachés, reprit le chevalier de Jars....

— Il aime assez pourtant à faire parade de son bien, répliqua Cramail. La modestie ne l'a jamais gâté.

— Oh ! dit Leuville, on voit que Cramail est vexé, en sa qualité d'ancien envoyé de France à Constantinople, de n'avoir rien trouvé à redire au récit de M. de Bassompierre.

— C'est vrai, c'est vrai, dit le prince de Marsillac.

— Et l'histoire de ma cousine de Sainte-Croix, reprit le chevalier ; nous ne vous en tenons pas quitte, monsieur le maréchal.

— Vous m'accorderez bien quelque répit, j'espère, mon avide cousin, répliqua Bassompierre ; et d'ailleurs, il est fort tard, le sommeil m'accable et le repos m'est nécessaire.

— C'est trop juste, dit le chevalier désappointé. Ainsi donc à demain.

— Impossible, mon très aimé compagnon ; demain, Malleville, mon secrétaire-poète, vient travailler avec moi tout le soir ; après-demain,

j'ai des dames à dîner ; ce ne sera guère que
pour la semaine prochaine.

— Vous nous faites souffrir comme un inquisiteur, s'écrièrent-ils tous.

— Oh ! à propos d'inquisiteur, répliqua le
maréchal, il m'est arrivé en Espagne une surprenante bonne fortune, et ce n'est pas sans
raison que je dis surprenante, car, tout voluptueux que j'étais, je me suis certainement
conduit plus loyalement que Joseph ne le fit
à l'égard de madame Putiphar.

Les voilà tous retombés sur leurs fauteuils,
lui demandant avec une joie extrême :

— La bonne fortune de l'inquisiteur, monsieur le maréchal ! récitez-la, récitez-la !

— Pas ce soir, mes très chers ; il faut, et
c'est bien à regret, que je vous congédie ; mais
espérez.

— Et l'histoire de ma belle cousine ? disait
le malheureux chevalier. Savez-vous, monsieur
de Bassompierre, que ce procédé n'est pas
digne de vous.

— Patience, et vous l'aurez aussi, mon gentilhomme.

Au jour assigné, ils se rendirent tous chez
le maréchal, qui prit un malicieux plaisir à
les priver encore de la jolie galanterie qu'il
avait faite avec madame de Sainte-Croix; et, à
propos de l'inquisiteur, voilà l'histoire qu'il
leur raconta :

LXXVI

La belle Religieuse de Grenade.

MONSEIGNEUR L'INQUISITEUR.

> On doit se servir de tout moyen possible
> pour arriver au but.
>
> MACHIAVEL.

« Vous savez, messieurs, que j'ai eu plusieurs
fois le bonheur d'être envoyé en Espagne, dit
Bassompierre, et vraiment, c'est un bonheur,
car les Espagnoles sont adorables entre toutes

les femmes. Bien que je place au plus haut degré de l'échelle de l'amour nos gracieuses Fran-
çaises, il faut rendre justice à qui de droit,—et
l'on m'a toujours dit que j'étais fort juste, —
les maris exceptés, seulement.

« Une fois que je séjournais à Grenade avec
la cour, le hasard me mit en rapport avec un
inquisiteur; vous dire que c'était un homme
aimable serait un non-sens stupide, car inquisiteur et gentillesse riment mal ; mais ce
brave bourreau adorait les historiettes légèrement graveleuses, les aventures nocturnes,
les sérénades au clair de lune, les coups d'épée
devant les lampes des madones, les roueries de
dangereux, enfin toutes ces choses qui distin-
guent un cavalier accompli ; et, comme il me
croyait tel, il m'avait fait l'honneur de me demander mon amitié pour le distraire des ennuis
de la mission odieuse qu'il remplissait sur cette
belle terre d'Andalousie.

« Une après-dinée que nous courions les rues
de Grenade, il me fit entrer dans un monastère

de filles repenties, prétextant que l'église était pleine de peintures admirables du divin Moralès, de Murillo et du vieil Herrera. Quand il s'agissait d'art ou de belles Andalouses, j'acceptais toujours, — et nous voilà dans l'église.

« Les nonnes priaient. Il se trouva que les peintures n'étaient nullement des grands maîtres qu'il m'avait cités avec tant de pompe, mais en revanche, j'aperçus des yeux noirs qui flambloyaient derrière les grilles dorées, et je laissai mon inquisiteur divaguer bellement sur ce qu'il appelait ma barbarie, pour ne m'occuper que des longs yeux de gazelle qui me charmaient si fort.

« Il y avait là, parmi les nonnes, une jeune femme pâle qui priait peu à ce qu'il me sembla; je crois même qu'elle ne priait nullement. Elle était d'une beauté merveilleuse, mais non de ces beautés comme souvent on en rencontre; tout en elle vous fascinait, vous attirait au-delà de ces losanges dorées, de cette barrière

presque infranchissable. Oh! l'admirable figure d'ange!

— « Eh bien, me dit mon inquisiteur, qu'a-
vez-vous donc, señor?

— « Voyez, voyez cette femme!

— « Ah! c'est la Sicilienne, me dit-il d'un
air mystérieux en m'entraînant.

— « Laissez-moi l'admirer encore.

— « Je vous aime trop, señor Bassompierre,
répliqua-t-il; ne la regardez plus : ses yeux lancent le malheur.

— « Oh! vous voilà bien tous, mes superstitieux; c'est de l'amour qui tombe de ces yeux
veloutés! ce visage mélancolique annonce des
passions ardentes que l'austérité du cloître
étouffe. Ah! déjà je sens que je l'aime.

— « Par la sainte foi! partons, — c'est la
Sicilienne.

« Il me fut impossible d'arracher autre chose
à mon démon d'inquisiteur; mais, dès le lendemain, je revins à cette église. Tout ce mys-

tère m'intriguait singulièrement; je rôdais sans cesse sous la galerie grillée du monastère, et je m'en allais ivre de joie quand j'avais pu voir ma nonne si pâle et si mélancolique.

« Mes assiduités me firent remarquer d'une espèce de mendiant qui logeait sur le montoir d'un hôtel situé en face du monastère. Cet homme était couvert de haillons; mais il paraissait digne d'une condition meilleure. Un jour il s'approcha de moi pour me demander quelques maravédis. Son air fier me toucha, et je lui mis dans la main une pièce d'argent.

— « Vous êtes un étranger, me dit-il; hélas! qu'il y a long-temps que je n'avais touché un carolus! Merci, seigneur.

— « Toi-même, tu sembles étranger, répliquai-je frappé de son accent.

— « Vous avez deviné juste; je suis Sicilien.

— « Connais-tu cette belle et mystérieuse nonne?

— « Oui, seigneur.

— « Et son histoire que nul n'ose raconter?

— « Oh! c'est une triste et noble histoire, je vous le jure.

— « Tu la sais ! m'écriai-je, heureux enfin de pouvoir obtenir quelques détails sur cette femme qui excitait si fort mon intérêt.

— « C'était la fille de mon ami, répliqua le mendiant d'une voix altérée par la douleur.

— « Eh bien ! voulez-vous me raconter ses malheurs, brave homme ? peut-être aurai-je la puissance de les adoucir dans l'avenir.

— « Si vous voulez me promettre le secret, je n'hésiterai pas, répondit-il ; mais songez à garder scrupuleusement la parole que je vous demande, car il se pourrait qu'on me privât de ma liberté, la seule joie qui me reste.

— « Soyez tranquille, répliquai-je, ma bouche se fermera sur votre secret, je vous le jure sur mon honneur.

— « Ce soir, reprit-il, je me rendrai à mi-chemin de la colline de l'Alhambra ; soyez-y.

— « Il suffit, j'y serai.

« L'effroi de mon ami l'inquisiteur, les pa-

roles de cet homme, la beauté de la Sicilienne,
tout cela stimula encore ma curiosité, déjà si
grande, et je me dirigeai, le cœur soulevé par
de puissantes émotions, vers les restes magnifiques de l'Alhambra.

« Le mendiant fut ponctuel, et voici à peu
près ce qu'il me raconta :

———

LXXVII

Palermina,

Oh ! qu'ils étaient heureux mes jours, quand
j'allais avec tes beautés fières, mais humaines,
faire l'amour sous tes caroubiers, voluptueuse
Catane !

COMTE L. DE CHARNY. *Viaggio in Sicilia.*

« Catane est une ville enchanteresse. Bâtie
en amphithéâtre sur la dernière ondulation des
flancs de l'Etna, elle s'élève, belle et splendide
comme une jeune reine, pour dominer les

ondes bleues de son golfe étroit. Une végétation
vigoureuse, des massifs d'orangers, d'aman-
diers et de caroubiers, des champs parsemés
de fleurs éclatantes, des perspectives prodi-
gieuses, tout concourt à faire de ce pays le plus
magnifique panorama du monde. L'âme y na-
gerait sans cesse dans une félicité infinie, si des
montagnes de lave dont le port est comblé,
dont les champs sont jonchés, ne venaient à
chaque instant révéler quel est le prix que la
terre met aux faveurs qu'elle donne.

« Nous gémissions sous la lourde domination
des Aragonnais. Un soir que la rue Etnéenne
était illuminée par ordre de sa grandesse monseigneur José de Alcantara pour fêter sa nouvelle installation au gouvernement de Catane,
la façade d'une villa somptueuse édifiée sur un
des plateaux supérieurs de la cité, demeura
sombre, comme si un grand d'Espagne orgueilleux n'était pas venu fouler la malheureuse
terre de Sicile et faire peser sa tyrannie sur la
riche et poétique Catane.

« La conduite du maître de la villa était impolitique ; mais il y a des êtres dont le cœur est si grand qu'ils préfèrent mourir plutôt que de montrer un instant de faiblesse.

« Cet homme avait pour nom Luigi Mal-Castello, et sa fortune était considérable. Il n'était pas noble ; mais il appartenait à la haute bourgeoisie, et jamais tribun des temps antiques ne défendit avec plus de courage et plus d'audace la cause des faibles ! — La puissante énergie de Mal-Castello était passée en proverbe.

« Il avait une fille charmante et douce comme une colombe, fiancée au jeune comte d'Aci-Réale ; l'alliance du patricien n'avait pas froissé le républicain austère, parce que, en Sicile, les idées sont généreuses, et que le caractère général incline plutôt vers le républicanisme que vers l'aristocratie. D'ailleurs, Palermina aimait le comte d'Aci-Réale, et c'en était assez pour amollir Mal-Castello qui adorait sa Palermina.

« Telle était la famille qui allait être en guerre ouverte avec le cruel monseigneur José de Alcantara.

« Instruit par ses espions, il résolut de profiter de la fierté de Mal-Castello pour lui arracher d'abord une grosse somme d'argent, et se venger ensuite comme un inquisiteur. Il vint chez lui bien accompagné.

« Le bourgeois le reçut dignement, et les grâces de Palermina lui inspirèrent d'autres idées. Don José n'avait guère que cinquante ans, et il trouva bon, instantanément, de devenir possesseur d'une femme ravissante et d'une dot considérable. Il dit à Mal-Castello d'un air riant :

— « Vous êtes hostile à la maison d'Aragon, seigneur Catanais, je le sais, et j'ai voulu moi-même venir vous en faire le reproche ; les haines grandissent souvent, parce que les partis ennemis ne se connaissent que par des récits envenimés... Voyons, que vous ai-je fait, moi, qui suis si nouveau dans le pays ?

« Ces paroles semblèrent si étranges à Mal-Castello, qui s'attendait à des violences, qu'il ne sut que balbutier des paroles de politesse fort vulgaires.

— « Allons, allons, seigneur, je vois bien que j'avais été calomnié près de vous ; mais j'espère qu'un jour nous deviendrons amis.

« Et monseigneur José de Alcantara se retira en saluant fort gracieusement Palermina, et amicalement le rude et désappointé Mal-Castello.

— « Voilà, ma fille, un singulier homme, dit le bourgeois en rentrant dans son casin. Les lions ne sont pas toujours cruels.

— « Gardons-nous de porter un jugement rapide sur cet Espagnol, mon père, répliqua la jeune fille, il a un sourire qui n'annonce pas un bien noble caractère.

« Après une semaine, il revint seul, joua l'amabilité et fit officieusement demander la main de Palermina par un vieux seigneur de Nicolosi ; Mal-Castello refusa. Croyant avoir em-

ployé un mauvais diplomate, il demanda lui-
même d'une façon caressante, fit valoir ses
titres, sa position de gouverneur ; mais Mal-
Castello le remercia de cet honneur en disant
que sa fille était fiancée.

« Le lendemain, le malheureux père fut ap-
pelé au palais d'Alcantara.

— « Dans huit jours, lui dit le tyran en se
démasquant avec audace, je veux ta fille pour
épouse avec cent mille *oncia* d'or ; songes-y,
ou je te punirai de tes dédains, bourgeois superbe ! N'est-ce donc pas assez t'honorer que
de donner le nom d'Alcantara à une Mal-Castello ! Et si je la voulais pour maîtresse !.....
songes-y bien.

— « Ah ! dit le Catanais en rugissant... Puis
il ajouta d'une voix altérée : Je réfléchirai à
cela, monseigneur, et si Aci-Réale veut me
rendre ma parole, nous verrons.

« Mal-Castello revint chez lui tout consterné ;
il réunit le jeune homme à sa fille, et leur raconta tout brutalement la scène du gouverneur.

— « Je tuerai cet homme, dit froidement
le comte, et je proclamerai ensuite l'indépendance sicilienne à Catane. ·

— « Bravo ! et du courage, mon fils, dit
Mal-Castello avec une joie sombre. Sèche tes
pleurs, Palermina, je fais le serment devant
Dieu que tu n'auras d'autre époux, tant que je
vivrai, que ce brave Jacopo. Et maintenant,
viennent les fiançailles !

« Le soir même, après de nouvelles ré-
flexions, don José de Alcantara eut l'assurance
d'avoir cent mille oncia d'or, une ravissante
épouse, et le gage de paix du seigneur Mal-
Castello. Mais quel pouvait être ce gage de paix,
après des violences si odieuses ?...

« Il arriva enfin ce jour des fiançailles. Don
José se fit magnifique ; sa fraise était raide
comme du marbre, et sa personne, digne de
cet empesage ; en un mot, il étalait, au milieu
de l'indolente légèreté sicilienne, le luxe et la
gravité de toutes les Castilles.

« Palermina, au contraire, était d'une sim-

plicité de toilette et d'une tristesse qui contrastait d'une manière étrange avec l'époux qui
l'avait choisie; elle semblait, avec sa mante et
son *mezzaro* blancs, un fantôme qu'une voix
puissante a fait sortir du sein de la tombe. Les
amis de Mal-Castello, en grand nombre, pro-
menaient de sombres regards sur les Aragonnais formant le cortége d'honneur du noble sire
d'Alcantara, et de sinistres prédictions, à propos de cette union singulière, couraient de
bouche en bouche à voix basse.

— « Mal-Castello a perdu la raison, disait
l'un.

— « Qu'il nous vante donc maintenant l'austérité de ses principes, ajoutait un autre; le
désir d'avoir pour gendre un grand d'Espagne
lui a fait commettre une action infâme. Aci-
Réale se meurt de désespoir.

— « Il en aura des regrets cruels, répliquait
un nouveau personnage, car cette union a lieu
sous de tristes auspices; le volcan lance ses
flammes avec une rare furie.

« Et tous s'étonnaient de l'aspect calme, quoique triste, de leur fougueux ami Mal-Castello. La crainte ou l'ambition l'avait singulièrement changé en quelques jours.

« La cérémonie des fiançailles eut lieu dans la villa du maître. Le mariage devait lui succéder à trois jours d'intervalle; mais quand vint le soir, don José, se ravisant, prétexta de graves occupations, et, disant qu'il ne pouvait être être heureux assez tôt, il voulut qu'on le célébrât dans la nuit même.

— « Mais, monseigneur, dit Mal-Castello surpris, c'est me mettre dans l'impossibilité de rassembler la dot énorme que je dois donner à ma fille; il s'agit de la plus grande partie de ma fortune.

— « Les tabellions ne manquent point à Catane, et si tu ne peux rassembler assez d'or, tu m'abandonneras les terres de labour que tu possèdes dans le canton de Centorbe; car je connais tes grands biens.

— « Mais c'est vouloir me ruiner, monseigneur !

— « Tu retrancheras un peu de ta magnificence princière ; un bourgeois comme toi ne
doit pas vivre comme un Médina‑Céli ou un
Alcantara ; et d'ailleurs tu m'as prouvé que
tu étais capable de devenir économe ; tu sup-
primes assez volontiers le luxe que tout Catanais déploie dans les fêtes publiques.

« Mal‑Castello dévora sa rage ; des larmes
de feu roulaient dans ses yeux ; il s'agitait avec
violence, et, désespéré, il alla cacher sa détresse
au fond de sa villa.

« A peine fut‑il seul que le comte d'Aci‑
Réale se présenta devant lui.

— « Alcantara m'a banni de Catane, s'écria-
t-il avec fureur ; voici l'ordre que m'ont apporté
ses alguazils ; mais comme il est chez vous j'ai
voulu venir lui dire adieu.

— « Cet homme est sacré pour toi, Aci‑
Réale, entends-tu ? Il est mon hôte, et je te défends de le voir.

— « M'avez-vous donc joué, ainsi qu'on a voulu me l'insinuer? Quoi! Mal-Castello devient l'esclave des tyrans de la Sicile!

— « Mal-Castello sait ce qu'il doit faire, répliqua-t-il avec un rire effrayant... Mal-Castello aime les honneurs et les grands d'Espagne... Retire-toi, Aci-Réale, ne vois-tu pas que je suis brisé?

« Et, le quittant brusquement pour lui dérober son émotion, il retourna vers ses convives qui devisaient avec le gouverneur; puis, l'instant d'après, on entendit un bruit effroyable, et des lueurs éblouissantes vinrent illuminer les délicieux bosquets de la villa.

— « Voici l'Etna en feu! crièrent des centaines de voix dans toutes les directions.

— « Ciel! comme la lave s'avance. Quel immense incendie!

— « En attendant le prêtre et les tabellions, dit Mal-Castello au gouverneur, votre seigneurie veut-elle venir sur la montagne, c'est un curieux spectacle pour un étranger.

— « Oui, allons sur la montagne! crièrent des voix confuses.

— « Je le veux bien, répliqua don José, mais à la condition que vous me servirez de guide; et que la signorina Palermina sera des nôtres.

— « Ma fille n'a rien à vous refuser, monseigneur; quant à moi, ajouta-t-il en riant, je dois vouloir ce que veut votre seigneurie; c'est faire preuve de sagesse d'ailleurs.

— « Ecoute, Mal-Castello, répliqua don José en s'appuyant familièrement sur lui, si tu veux faire quelques concessions; si tu veux abandonner devant moi ta farouche humeur républicaine, je te traiterai bien, et Centorbe te restera. Si j'ai été dur, c'est toi qui l'as voulu.

— « Que l'Etna t'engloutisse! barbare, murmura le Catanais en s'avançant avec rapidité sur la montagne.

« C'était un spectacle effrayant, mais plein de magnificence. L'Etna en fureur fait concevoir

la colère de Dieu ; la créature se sent terrifiée
en face de ces bouleversemens prodigieux.
Une bouche de feu s'étant ouverte dans la ré-
gion inférieure de la vaste montagne, des sil-
lons de lave couraient, semblables à des serpens
enflammés, vers la cité de Charondas. Les
montagnes, la plaine et la mer, tout reflétait
le feu, tout se colorait de teintes merveilleuses ;
ici, vers Taormine, l'ombre des grands cra-
tères se projetant jusque sur les rivages où
fut Naxos, formait une opposition mystérieuse
avec la plaine de Catane et les plages syracu-
saines sur lesquelles ruisselaient des fleuves de
lumière. Là, c'étaient des hommes calmes et
courageux qui accouraient pour secourir leurs
frères de la montagne ; plus loin, des cris as-
sourdissaient l'air et se mêlaient à la crépitation
de la lave ; et c'étaient des familles qui s'en-
fuyaient vers le port, et des parencelles, et des
spéronares dont les voiles rougies glissaient sur
les eaux, et la multitude qui courait en tout
sens en proie au plus violent effroi. Oh ! jamais

l'image de la destruction ne se montra sous
des formes plus grandes et d'une poésie plus
colossale !

« Mal-Castello marchait d'un pas rapide dans
la direction du large fleuve de lave : il semblait
avoir retrouvé, depuis un instant, toute la vigueur de sa jeunesse ; rien ne l'arrêtait ; il franchissait les monticules et les scories avec la
souplesse d'un chevrier. Tout à coup il s'arrêta
pour aider sa fille à gravir un exhaussement de
rochers ; et, comme il la tenait dans ses bras, il
lui dit d'une voix profonde :

— « Va, prends courage, Palermina, voici
la vengeance qui vient !...

« Les convives de Mal-Castello et ceux de don
José étaient fort loin pour la plupart quand ces
deux seigneurs et la jeune fille arrivèrent devant
le sillon de flamme. Alors le Catanais s'arrêta ;
et, regardant fièrement don José, il lui demanda
s'il croyait avoir agi bien noblement à son
égard.

— « Ne causons pas de cela, mon cher sei-

gneur, répondit l'Aragonnais s'apercevant qu'il
était à la merci de son guide ; l'avenir vous fera
voir que vous m'aviez mal jugé.

« Et le tyran tremblait à son tour...

— « J'étais heureux avant ta venue dans ce
pays, reprit Mal-Castello d'une voix plus dure,
tu as brisé mon bonheur : j'étais riche, tu t'es
fait l'artisan de ma ruine ; j'avais une réputation
de citoyen probe et dévoué à sa patrie, à cette
heure, je suis déshonoré ! Je n'avais qu'une
fille unique, fiancée à un noble enfant de la Sicile, et tu l'as voulue ! Mais, j'en jure par ce volcan, aucune de ces choses ne sera consommée
tant qu'un souffle de vie m'animera ! Don José
de Alcantara, tu es un infâme ! défends ta vie.

— « Voulez-vous donc m'assassiner ? dit le
gouverneur en reculant.

— « Pas un mot, pas un cri, défends ta vie !
Je suis un ennemi loyal ; et d'ailleurs, n'as-tu
pas une épée ?

— « A moi, Espagnols ! cria le lâche en cherchant à s'échapper.

IV.   19

« Le cortége, disséminé sur la montagne, se dirigea aussitôt vers le lieu de la lutte ; Palermina, effrayée, suppliait tour à tour Alcantara et son père ; mais celui-ci, désireux de venger les humiliations odieuses qu'il avait subies, le frappa d'un coup de poignard en s'écriant :

— « Tiens, voici mon gage de paix, mon présent de noces.

« Et, le précipitant sur le courant de lave, la face tournée vers le feu, il l'y contint d'un pied vigoureux et l'asphyxia ; puis, brandissant son poignard sanglant et serrant sa Palermina contre son cœur, il s'écria d'une voix formidable :

— « Catanais, mort aux tyrans ! e *viva la libertà !*

« Mais hélas ! qu'il fut court le triomphe de la noble cause !

« Le singulier mendiant, brisé par l'émotion, murmura quelques paroles à voix basse ; et, après quelques instants de silence, il poursuivit son histoire en ces termes :

LXXVIII

Une sédition à Catane.

> Malgré vingt dominations successives et les
> coutumes féodales, il est resté chez les Siciliens
> un puissant amour de cette liberté antique à la-
> quelle ils durent leur admirable civilisation.

« Après la mort de don José, Mal-Castello et
ses partisans prirent les armes, et proclamèrent
l'indépendance catanaise. On chassa les Aragonnais, qui se retirèrent à Messine, puis on
essaya de goûter les douceurs de la liberté.

« Un mois s'écoula ainsi. Il n'y avait plus de tyrannie, mais ce n'était pas encore la liberté.

« Catane avait dormi tout le jour. Les belles contrada de la cité sicilienne étaient restées désertes; pas un homme n'avait osé braver les ardens rayons du soleil sous les portiques aériens; pas une femme n'avait mêlé ses cheveux noirs aux roses ou aux jasmins qui ornaient les balcons, et pourtant, à cette heure, Catane était ville libre, Catane était déchirée par deux factions puissantes, et une armée espagnole campait à ses portes.

« Ce calme de la cité avait quelque chose d'effrayant, de sinistre. En toute autre circonstance, on l'eût peu remarqué à cause de la voluptueuse mollesse dans laquelle nous aimons à vivre; mais, depuis un long mois, les places publiques de Catane étaient transformées en Forum, et des milliers de Démosthènes improvisés s'y querellaient, oubliant, dans leur infâme égoïsme, la patrie désolée qui allait succomber sous les traits de tant d'ennemis !

« Mais quand arriva la vingt-unième heure du
jour (cinq heures du soir), tout changea. La
métamorphose fut grande et instantanée. La
contrada Etnea, une rue interminable, devint
un prodigieux chaos. De *la place de l'Éléphant
colossal,* on voyait osciller une mer de têtes; on
eût dit de sombres vagues que le volcan reje-
tait de son entonnoir immense, et que la puissante impulsion poussait vers les flots bleus du
port. Puis, c'étaient des cris aigus, d'effroyables
murmures, des rugissemens formidables, qui
partaient du milieu de ces masses bondissantes,
de ces tourbillons de révoltés qui arrivaient
pressés, étouffés, brisés, jusqu'à la place de la
basilique, sur laquelle était le palais du gouvernement.

« Voici quelles étaient les causes de ce grand
désordre.

« Les révolutions ne sont le plus souvent,
dans l'origine, qu'une affaire de deux ou trois
coteries; à la tête des coteries se placent quelques esprits d'élite, froissés par le pouvoir; et

ces hommes supérieurs bataillent jusqu'à l'heure où le peuple, ce rude joûteur, s'aperçoit que lui aussi est froissé, et qu'il est temps que des franchises lui soient concédées. Alors la tête et le bras s'unissent pour écraser la tyrannie. La révolution catanaise était donc l'expression tout entière d'une race cruellement offensée, puisqu'elle était sous la domination des Espagnols, et la guerre commencée par le fougueux Mal-Castello n'était pas une guerre d'esclaves, mais une guerre d'infortunés qui voulaient relever des autels à la liberté, cette vieille déesse que Timoléon de Syracuse invoquait aux heures douloureuses.

« Les Espagnols, c'est triste à dire, avaient de nombreux partisans dans la cité, et l'extrême douceur de la dictature de Mal-Castello les rendait audacieux. A côté de ces hommes, marchait la coterie des trembleurs politiques, les Janus à la fibre molle, les hommes aux arguties de rhéteurs, cette race de lâches, cette lèpre des révolutions !..... Le chef de cette coterie était un insulaire métis ; il avait dans les veines le sang d'une Sicilienne et celui d'un Napolitain. C'était un misérable plein de ruses qui portait un nom infâme : — on l'appelait Malafède.

« Cet homme, secrètement vendu à la maison d'Aragon, était l'âme de tous les mécontens ; il les avait séduits par de magnifiques promesses, et, pleins d'aveuglement, ces malheureux cœurs égarés, loin de vouloir s'unir à Mal-Castello pour combattre les Espagnols, accouraient sous le balcon de son palais, en troublant l'air de vociférations éclatantes.

— « Qu'il meure le tyran ou qu'il abdique !

— « Oui, qu'il abdique le pouvoir ! criaient-ils.

— « Où donc est-elle cette liberté qu'il nous avait promise? Les places sont pour les nobles comme aux temps des Aragonnais.

— « Et le peuple est esclave !

— « Et la faim torture nos entrailles ! — Et les Espagnols assiègent la cité !

— « Plus de tyrans ! mort à Mal-Castello !

« Voilà quelles étaient les vociférations de
cette foule révolutionnaire. Mal-Castello, ce
bourgeois devenu dictateur, était dans la galerie du palais avec la ravissante Palermina sa
fille, et son gendre Aci-Réale à qui l'on avait
confié le commandement de la milice bour-
geoise. Palermina, justement effrayée de ces
clameurs cruelles, suppliait son père de laisser
le champ libre à toutes ces ambitions vulgaires,
à cette médiocrité méchante ; mais Mal-Castello
avait l'âme trop rudement trempée pour écouter même des conseils dictés par la tendresse.

— « M'exiler ! s'écria-t-il, m'exiler quand
les barbares Aragonnais sont sous les murs de
Catane qu'ils livreront à des rigueurs infinies !
Non, non, Palermina ; si de simple et d'obscur
citoyen que j'étais, je suis arrivé si vite aux
honneurs consulaires, que dis-je ? à la haute
fortune dictatoriale, c'est, crois-le bien, une
mission que la Providence me réservait. Chaque
homme, en ce monde, a sa mission à remplir,

sa croix à porter, son martyre à subir. Je suis
prêt. Non que je veuille mourir, car j'aime la
vie, et pour toi pauvre chérie, et pour mes
concitoyens que je veux arracher à l'esclavage.
Dans les temps antiques la Sicile fut une terre
de liberté ; or la liberté ne meurt pas ; si elle
a déserté nos rivages, c'est que les barbares
avaient brûlé nos oliviers, arraché nos vignes,
détruit nos orangers ! Il n'y avait plus de parfums dans cet air si enivrant ; le soleil ne brillait plus sur cette terre si favorisée des cieux !
Les ondes bleues de la mer d'Ionie ne s'appro-
chaient qu'en frémissant de nos rives, tant elles
craignaient d'y rester captives ! Oh ! l'esclavage,
l'esclavage, comme il refoule tout ! Mais maintenant que j'ai tué la tyrannie, la liberté reviendra parmi nous pour développer l'intelligence des peuples, et qui sait si l'héroïsme
d'une poignée de Catanais ne préparera pas
l'indépendance de toute la Sicile !

— « Que Dieu vous entende et nous protége,
mon père ! dit Aci-Réale ; mais il faut calmer

cette populace ardente que mord le fanatisme.
Faites afficher votre déclaration.

« C'était un manifeste sublime adressé aux
Catanais par le dictateur. La sagesse et l'humanité l'avaient inspiré au grand citoyen; il le
fit distribuer avec profusion, et des hommes
munis de torches le placèrent dans tous les
lieux fréquentés.

« En voici quelques lambeaux :

MAL-CASTELLO AUX CATANAIS.

« La gloire des vieux noms appartient dé-
« sormais à l'histoire. Il n'y a plus de noblesse
« écrite. La noblesse, Catanais, c'est la pro-
« bité, la vertu, le courage, le dévouement à
« sa patrie, et l'intelligence, cette belle inspi-
« ration des cieux.

« L'homme, dans l'avenir, ne devra sa con-
« sidération, son rang, sa célébrité qu'à lui
« seul. S'il est sorti d'aïeux illustres, qu'il les

« surpasse, et son nom sera vénéré entre tous.

« La Loi écrite ne connaît pas les grands de
« la terre. Pour elle, tout Catanais est un ci-
« toyen, un homme libre.

« Il n'y a plus de catégories, plus d'escla-
« ves, plus de glèbe, plus de redevances sei-
« gneuriales, plus de princes ni de barons. —
« Il n'y a plus que des hommes !

« La morale sera plus saine et plus profonde
« quand chacun sera le fils de ses œuvres ;
« l'homme qui s'élève un piédestal sait combien
« il a de coudées. On n'a pas de vanité à ses
« propres yeux. Pompée savait bien qu'il était
« le plus grand des Romains.

« La sainte égalité est proclamée, mais l'é-
« galité selon le génie ou le courage. Le légis-
« lateur est plus grand que l'artisan grossier ;
« le poète doit passer avant le scribe ou le ta-
« bellion ; le général illustre n'est pas l'égal
« d'un soldat de cohorte.

« L'élection fera justice des ambitions mau-
« vaises. La puissance sera au plus digne. Le

« Dictateur est roi aujourd'hui, demain ce
« sera un citoyen, — un homme.

« Aimez la liberté, Catanais, car la liberté,
« c'est votre mère, et votre protectrice contre
« les tyrans !

« Tous les Siciliens auraient dû baiser avec
respect la terre que foulait cet homme magna-
nime ; c'était un autre Camille ; mais la mauvaise fortune soufflait sur cette terre splendide,
et l'esclavage devait la broyer et la dévorer
comme une proie.

« Malafède exploitait la couardise ignoble des
hommes de sa coterie ; il leur faisait un horrible tableau des misères du peuple, mettait en
regard la bienfaisance, l'extrême douceur du
vice-roi, et concluait en offrant de livrer la
ville, stipulant toutefois la condition d'un
entier oubli du passé. Quelques hommes moins
gangrenés, prévoyant le sort qui menaçait les
Mal-Castello, repoussèrent cette lâche propo-

sition, et un conciliabule fut indiqué pour la
nuit du surlendemain.

« Pendant que tant de choses honteuses agitaient Catane, les Espagnols au-dehors l'in-
vestissaient rigoureusement. Des colonnes d'in-
fanterie et de cavalerie arrivaient sans cesse
et de Lentini, et de Centorbe, et de Taormine. L'insurrection, qui eût pu être si rapide, avait été arrêtée dans son élan par les
trembleurs, *par les hommes de la paix,* et ces
masses de troupes, accourant vers le foyer de
la rebellion, l'avaient cruellement comprimée
en laissant partout des traces de sang sur leur
passage.

« Comme les Espagnols étaient en force, ils
tentèrent un assaut ; mais Mal-Castello et son
gendre, à la tête des riches bourgeois et de quelques gentilshommes distingués, dévoués à la
révolution démocratique, parce que celle-là
reposait sur de larges bases, donnèrent tant de
preuves de courage, que les assiégeans furent

contraints de lâcher pied et de regagner leurs
retranchemens en toute hâte.

« Mais la fatalité poursuivait Mal – Castello.
Peu à peu il perdit son entourage, son pouvoir naguère si fort. La persistance de Malafède fut telle, qu'il détacha insensiblement
tous les Catanais de la cause révolutionnaire,
et cette fatalité alla si loin que le malheureux dictateur resta dans le vaste palais du
gouvernement sans avoir désormais un ami
dévoué, un homme à pouvoir employer dans
une occasion difficile.

« Enfin le soir du conciliabule arriva.

« Mal-Castello n'était pas tranquille. Les événemens, depuis deux jours, avaient pris un
caractère effrayant. Le dictateur ne s'aveuglait
pas. Sa profonde intelligence des choses le
mettait à portée de discerner le bien et le mal,
— et en tout il ne découvrait plus que du mal.
L'assemblée de Malafède l'inquiétait cruellement; les menées de l'infâme étaient si se-

crètes que le dictateur les ignorait ; aussi , dans
son désespoir, il s'écriait :

— « Quoi ! moi qui suis de fait roi de Catane, je sais qu'on conspire, et je n'ai pas un
serviteur fidèle pour s'introduire au milieu des
conjurés ! Comment déjouer leurs complots !
comment faire avorter leurs trames odieuses !
Je suis entouré de leurs sicaires, et je ne peux
disposer d'un seul homme ; que dis-je ? pas
même d'un espion, ce qu'il y a de plus vil dans
la fange de l'humanité !

— « Que faire alors ? dit Aci-Réale. Voulez-vous que je m'y rende sous un déguisement ?

— « On te reconnaîtrait, et ce serait exposer ta vie.

— « Ecoutez-moi tous deux, dit Palermina
dont les yeux brillaient alors d'un éclat inac-
coutumé ; je suis faible, mais j'ai du courage,
et, dans ma position de fille et d'épouse, je
saurai puiser une extrême énergie. Je suis
presque inconnue à Catane, j'ai un vêtement

d'écolier, et, ainsi déguisée, je me rendrai
chez Malafède.

— « Toi, ma Palermina ! s'écria Mal-Castello en l'embrassant, ils te dévoreraient, les
tigres !　•

— « Palermina est fille de Mal-Castello, reprit-elle avec dignité, c'est assez vous dire à
tous deux qu'elle ne craint pas la mort !

« Les prières des deux chefs pour entraver
sa résolution furent inutiles, et, quelques
instans après, la plus belle femme de la Sicile,
vêtue de noir, la toque sur la tête, la plume au
vent, le poignard et l'écritoire à la ceinture,
s'en allait, enflammée d'une noble ardeur, vers
le palais où se tenaient les conjurés.

« Malafède portait le coup de grâce à l'insurrection quand le faux *studente* arriva. La pauvre
jeune femme eut besoin de tout son courage
pour ne pas défaillir; elle s'appuya contre une
colonne, et, plongeant par dessus des centaines
de têtes, elle vit l'horrible orateur.

— « Il veut encore nous leurrer avec ses

belles paroles, ce Mal-Castello ! Il a une langue
dorée, c'est vrai ; mais les résultats seraient
le pillage de vos maisons , le déshonneur pour
vos femmes ou vos filles , et l'esclavage pour
vous ! Ne voyez-vous pas que déjà la ville
manque de pain ! En avons-nous manqué sous
les Espagnols ? Ils entourent notre riche cité ;
si nous leur résistons davantage , ils nous trai-
teront avec une extrême rigueur ; gardons-
nous donc de les irriter ! Les Espagnols, après
tout, sont d'un caractère facile à vivre, et, pour
ma part, j'aime mieux avoir tout à profusion
dans le palais d'un maître benin, que de mourir
de faim dans la rue, en criant : Vive la liberté !

« Un murmure approbateur vint couvrir ce
magnifique morceau d'éloquence, et l'infâme
orateur continua :

— « Il nous sera facile, Catanais, de disculper
notre belle cité en présence du vice-roi. Les
seuls coupables sont Mal-Castello et Aci-Réale ;
nous les livrerons à la juste colère des Espagnols, et tout sera dit ! Maintenant, Catanais,

si vous voulez suivre mon dernier conseil, nous
irons dès demain, à l'aube du jour, implorer la
clémence du vice-roi qui commande le siége en
personne.

« A cette proposition misérable, Palermina,
hors d'elle-même, monta sur la base d'une colonne, et, apostrophant Malafède, elle s'écria
d'une voix vibrante :

— « Est-ce bien un fils de la Sicile qui a osé
faire entendre de telles paroles? et sont-ce des
Catanais qui les ont écoutées?... Quoi! quand
on fait ainsi l'apologie de la lâcheté, il ne se
trouve pas un seul homme pour refouler de
telles paroles dans la poitrine de l'infâme!...
Est-ce ainsi que vous voulez récompenser Mal-
Castello qui vous a donné la liberté, et qui
l'aurait donnée à toute la Sicile sans une poignée de misérables dont le chef est ce Napolitain Malafède?..... O Malafède! tu ne mens pas
à ton nom; tu es un homme infâme!..... —
Catanais, il en est temps encore, secouez votre
stupeur, et ôtez la rouille de vos épées, car de-

main, avec ce système indigne, vous serez
chargés de lourdes chaînes !.....

« Un bruit effroyable, venu du dehors, inter-
rompit tout à coup Palermina, et les conjurés se
regardèrent l'un l'autre, sans se demander quel
était ce jeune homme si beau, si timide de
visage, et de cœur si audacieux. Puis la place
publique et les contrada redevinrent silen-
cieuses, et Malafède, qui sentait son infériorité
vis-à-vis de Palermina, s'écria tout à coup d'une
voix rude :

— « Catanais, les Espagnols aiment la vengeance, n'attendons point qu'ils la désirent;
allons implorer leur clémence ; mort aux tyrans ! mort à Mal-Castello !

— « Que ne cries-tu vive Aragon ! malheureux lâche ! s'écria Mal-Castello en entrant
l'épée nue avec son gendre et quelques braves
bourgeois. Tu as tremblé aux paroles d'une
femme faible, juif de Naples ! car cet écolier
c'est ma fille !..... Et tandis que vous êtes à
politiquer dans ce ténébreux forum, Catanais,

les Espagnols s'emparent de la porte Syracu-
saine, et incendient votre cité !

— « Aux murailles ! aux murailles, Catanais !
s'écrièrent cent voix du dehors ; le feu est à la
Marine !

— « Venez, mes amis, dit intrépidement le
grand Malafède, je n'ai qu'un mot à dire au vice-
roi pour faire cesser toute cette échauffourée.

« Palermina, cruellement effrayée, entraîna
rapidement son père et son époux ; et quand ils
virent leur noble cause perdue, ils ne songèrent
plus qu'à mourir l'épée à la main, de la mort
des grands hommes.

— « L'heure n'est pas venue encore, dit
Palermina ; peut-être qu'un jour vous pourrez
tous deux servir la sainte cause de la liberté !
Aci, courez vite au palais avec mon père ;
prenez ma cassette de pierreries et le coffret
d'or, et revenez vite à la pointe du jardin
Biscari, près du môle ; j'y serai avec une
barque.

« Pendant que les infortunés faisaient leurs

préparatifs, Malafède était allé à la porte Syra-
cusaine; et, s'étant fait conduire devant le vice-
roi, il lui promit d'arrêter l'élan des citoyens
s'il retirait ses soldats, et Mal-Castello et
Aci-Réale devinrent les garans de cet odieux
marché.

« Le dictateur et son gendre furent prompts
comme la pensée; ils se rendirent précieuse-
ment chargés à la pointe du môle, où ils ne
tardèrent guère de voir arriver Palermina,
montée sur une speronare, avec quatre mariniers aux rames; les nobles proscrits se jetèrent dans l'esquif, et, prenant au large,
Mal-Castello se leva debout, en s'écriant :

— « Adieu, cité du noble Charondas !
puisses-tu me revoir un jour, car je fais vœu
de ne rentrer dans tes murs qu'à l'heure où tu
seras affranchie de tes tyrans!

« Une détonation se fit entendre, et une
balle siffla au-dessus de la tête de Mal-Castello.
Sinistre présage! — Aussitôt, sans mot dire,
l'illustre dictateur et son gendre se mirent aux

rames avec les mariniers. Tout fut inutile.
Malafède avait promis leurs têtes au vice-roi;
un lougre et deux galères partirent; des troupes
explorèrent la plage, et, au point du jour, on
ramena les malheureux fugitifs à Catane.

« Leur procès ne fut pas long. Les hommes
d'un grand caractère sont trop dangereux pour
les gouvernemens oppresseurs. Mal-Castello et
Aci-Réale furent pendus sur la place de l'Elé-
phant, et leurs partisans ruinés ou exilés, ce
qui accrédita cette maxime : — Quand une révolution éclate, il faut à la tête des affaires
des hommes d'action, des hommes courageux
et braves. En révolution, il ne faut jamais regarder en arrière; les temporiseurs sont presque toujours lâches, et ils vous font souvent
retomber plus bas que le point d'où vous étiez
parti.

« Quant à la belle et infortunée Palermina,
elle fut déportée en Espagne, et c'est cette
religieuse qu'on appelle si mystérieusement ici :
la Sicilienne !

— « Quelle triste histoire ! dis-je à mon narrateur.

— « Oh ! oui, bien triste, reprit-il en essuyant une larme ; la destinée nous a été fatale,
et je suis venu vivre obscurément sous la galerie du monastère de Palermina, afin que cette
infortunée ait des ressouvenirs de sa patrie. On
ignore qui je suis : mon métier de mendiant
me met à l'abri des cruautés de ceux qui m'ont
proscrit et dépouillé de mes biens ; puis j'ai
la consolation d'adoucir les douleurs de cette
pauvre enfant.

— « Qui donc êtes-vous ? lui demandai-je
avec un bien vif intérêt.

« Il arrêta sur moi un regard scrutateur ; et,
se levant tout à coup, il me dit en s'enfuyant :

— « Je suis le père du jeune comte d'Aci-
Réale ; plaignez-moi !

« Quelle destinée affreuse ! pensai-je en re-
descendant la colline de l'Alhambra ; voilà un
patricien, caché sous les haillons de la misère,
qui consacre les dernières années de sa vie à

souffrir pour alléger d'autres souffrances. Quel généreux sacrifice !

« Ce récit douloureux m'inspira de l'admiration, au lieu d'un frivole amour. J'arrivai jusqu'à Palermina que j'aimais avec tendresse; mais je me prosternai à ses pieds, la considérant comme une sainte martyre dont le cœur débordait d'amertume, et je ne cherchai pas à lui porter le dernier coup en me faisant aimer d'elle pour ensuite l'abandonner. »

— Enfin , s'écria l'abbé de Foix en riant, il a été vertueux une fois en sa vie; c'est beau, cela !

— Tout le monde n'a pas un pareil blason à montrer, répliqua M. de Jars.

« Malgré mes précautions, reprit Bassompierre, mon inquisiteur fut instruit de mon audacieuse entreprise dont il tira des conséquences de libertin. — Vous avez agi en vrai Français, me dit-il; mais, en cas pareil, votre caractère national est chose fort dangereuse. Ainsi, croyez-moi, n'y retournez pas; car, à

mon extrême regret, je serais forcé de dénoncer cette Sicilienne.

« Je le lui promis, et tins parole. Il ne fut
pas moins généreux, ce qui me prouva que
l'humanité se sert parfois d'instrumens odieux
pour faire des miracles; —car enfin, un membre
du Saint-Office s'était montré homme de grand
sens et de cœur. »

— Voilà une histoire fort touchante, monsieur le maréchal, dit de Jars; mais, à cette
heure, nous voudrions tous rire; et celle de
ma cousine ?....

— Oh! oui, vous ne pouvez nous refuser,
ajouta le prince de Marsillac.

— Vous aurez tous mes secrets, repartit
Bassompierre; mais j'ai promis cette galanterie, et je dois vous la raconter. La voici :

LXXIX

La Marquise de Sainte-Croix.

LA LITIÈRE DE M. LE MARQUIS.

> Alors, pour être heureux, il fallait être
> gentilhomme.
>
> COMTE DE B.

« Au plus beau temps de mes amours avec madame Mignonne, poursuivit Bassompierre, je rencontrai un soir, chez la comtesse de Choisy, à un souper, une charmante précieuse ; elle

était blonde, rose et blanche ; sa voix était mi-
gnarde, ses yeux bleus pétillaient d'esprit ; elle
étalait les plus beaux sentimens du monde ; jamais femme ne montra plus gracieusement des
dents aussi belles ; puis elle avait dix-huit ans
à peine, une grande fortune, un palais somptueux à Avignon, et pour couronner tout cela,
un mari fort laid, fort bête et d'une jalousie féroce. — Ce gentilhomme accompli s'appelait le
marquis de Sainte-Croix.

« Cette femme de si bon air me charma ; je
lui dis quelques gentillesses qu'elle prit au sérieux, et, spirituellement, elle y répondit par
de vives agaceries ; mais alors j'adorais Mignonne, et toutes les séductions d'un harem
ne m'auraient pas rendu infidèle.

« La précieuse marquise me vanta beaucoup
la société de la ville papale, la beauté des Ar-
lésiennes et des Avignonnaises, et quitta Paris
en me disant que si j'avais jamais la fantaisie
d'aller en Avignon je serais toujours le *benve-
nuto*.

« Je me ressouvins de cette parole dans mon malheur, après la résolution cruelle de Mignonne, et je m'en allai visiter cette vieille et superbe ville dont les remparts font l'admiration de toute l'Europe.

« Le soir même de mon arrivée je me rendis chez le vice-légat qui me reçut à bras ouverts et me présenta cérémonieusement à toute la société ; le hasard me servit ; la marquise de Sainte-Croix y était avec son gracieux mari dont je vais vous exquisser le portrait au physique et au moral.

« Le marquis pouvait avoir quarante-quatre ans ; il était d'une laideur repoussante et s'en vantait ; à tous ces agrémens il joignait l'avarice, l'astuce et la férocité ; tuer un rival en *brave*, à coups de stylet, lui semblait une misère, une peccadille ; il appelait cela se faire respecter. Il était d'une force herculéenne, et jouait de l'épée comme Bussy ; sa femme ne sortait jamais sans lui ; et, bien qu'il n'usât pas de ses droits d'époux parce qu'elle était trop jeune et trop

pure pour plaire à ses sens ignobles, il la sur-
veillait par amour-propre (car il ne l'aimait pas),
et en cela, il imitait beaucoup de maris.

« Cet ensemble de gentillesses avait fait de
lui un tel épouvantail que les jeunes seigneurs
de France et les cavaliers italiens lui laissaient
le champ libre et se gardaient bien de voltiger
autour de la jolie marquise.

« Alors florissait par la ville une certaine
Donnicinola, nièce d'un vieux prélat d'Italie.
C'était de tout point une Romaine : elle était
belle, ardente, savait la vie, bien qu'elle fût
jeune encore ; mais ses beaux jours avaient été
mis à profit. — En un mot, c'était moins une
princesse qu'une franche courtisane.

« Sainte-Croix trouva cette femme fort de son
goût, et il se fourra dans la cervelle qu'il en était
éperdument amoureux ; Donnicinola ne le voulut pas croire ; il lui fit quelques présens d'ava-
ricieux qu'elle accepta, et fut beaucoup moins
heureux quand il lui proposa sa personne, car
elle lui ferma sa maison.

« Voilà mon gentilhomme furieux : il essaya de la fléchir ; mais c'était une vraie Romaine, et force lui fut de dévorer sa rage.

« Donnicinola favorisait alors un jeune et charmant monseigneur Napolitain, dont elle était folle. Un beau matin, on le trouva cloué d'un coup de dague à la porte de la courtisane. Beaucoup de gens accusèrent tout bas de ce crime le redoutable marquis ; mais, faute de preuves, on dut s'arrêter aux conjectures. Seulement, à dater de ce jour, la Donnicinola dut vivre sans passion aucune, car nul gentilhomme ne fut assez audacieux pour retourner chez elle.

« Vous voyez comme il savait se créer des chances, notre noble marquis ; mais la courtisane se montra si fière et si hautaine qu'elle l'emporta.

« Sainte-Croix avait une ténacité toute bretonne, et il usa d'un moyen original. Chaque soir, à la nuit tombante, et quelquefois durant le jour, il envoyait stationner ses laquais avec sa litière sous les fenêtres de la dame qui habitait

l'hôtel de son oncle ; par ce moyen, on le crut
au dernier mot avec elle, ce qui flattait singulièrement son amour-propre, et, à son aise, il
pouvait surveiller la précieuse marquise qui
rongeait chaque jour un anneau de sa chaîne.

« Voilà où les choses en étaient quand j'arrivai dans le Comtat.

« Je rencontrai la Donnicinola au petit
Corso, sous le rempart ; elle était suivie par une
duègne horriblement laide qui me regarda ef-
frontément avec ses yeux fauves : c'était un
vrai dragon. Surpris de voir une si belle personne abandonnée, je m'approchai d'elle, malgré son épouvantable suivante, et fis le dame-
ret ; mon air lui plut ; j'étais en veine d'esprit ;
nous nous liâmes et j'allai chez elle.

« Je dus subir le récit de son histoire. C'est
une joie de femme amoureuse ; on ne peut pas
faire comprendre à ces dames que le passé
froisse toujours. L'invention de la litière et des
laquais me fit beaucoup rire, et je songeai à la

mettre à profit pour arriver jusqu'à la marquise.

« Nous voilà donc les meilleurs amis du
monde Donnicinola et moi ; je lui amenai à
souper un soir trois ou quatre jeunes cavaliers
de la société du vice-légat, entre autres le duc
de Subiaco, le plus magnifique Romain du
Comtat ; et quand nous quittâmes l'aimable
Italienne, le moins échauffé des cinq n'était
certes pas moi. Comme les laquais de Sainte-
Croix étaient là encore, je les chassai à coups
de plat d'épée, en leur disant qu'ils étaient des
faquins ainsi que leur maître, et que si je re-
trouvais là sa litière j'y mettrais le feu.

« Dès le lendemain matin je courus chez
Subiaco, et nous allâmes ensuite tous deux provoquer le redoutable marquis aussi gaiement
que s'il eût été question d'une partie fine.
J'avais préparé une lettre à tout hasard pour
ma jolie précieuse, et la Providence me favo-
risa si bien que, la trouvant sur mon passage,
je pus la lui faire accepter.

IV.   21

« M. de Sainte-Croix nous reçut avec un visage de bataille. Il semblait enragé; je lui dis en raillant que je portais au côté une épée de rude trempe pour le calmer; qu'il était apoplectique, colère, insolent, et qu'une ample saignée finirait peut-être par faire de lui un homme de moins mauvaise compagnie.

« Subiaco riait en véritable bienheureux, ce qui me rendit mordant comme une bonne épigramme; le marquis suffoquait, la fureur lui ôtait la parole; enfin, après un violent effort, il s'écria d'une voix retentissante :

— « Vous êtes un fat, monsieur de Bassompierre !

— « Pardieu, je le sais bien, lui dis-je, vous ne m'apprenez rien de neuf, et c'est peu spirituel.

— « Vous êtes un manant !

— « Quant à cela, mon cher, je suis plus gentilhomme que vous.

— « Un insolent !

— « D'accord; c'est mon privilége, et j'en
use largement avec les sots, marquis. Vous
voyez bien que je ne me gêne pas.

— « Monsieur !

— « Hâtez-vous donc, seigneur de Sainte-
Croix, c'est ridicule; vous devriez comprendre
que je vous attends avec impatience.

« Nous nous battîmes sur le chemin de Lisle;
je l'égratignai et le mis au lit pour huit jours.

« Pendant cette bienheureuse semaine, j'employai toutes mes ressources de dangereux, et
ma jolie marquise put apprécier combien l'i-
magination est nécessaire en amour; il faut
dire aussi que tout le monde m'aidait : mon
duel à propos de Donnicinola m'avait servi de
piédestal; l'épouvante que causait le terrible
marquis s'était évanouie, et, comme chaque
jeune seigneur avait à se plaindre de lui, tous
me faisaient fête.

« J'exploitai ces bonnes volontés, mais le difficile était d'éloigner ce fâcheux mari. Comme
il était plus que jamais épris de Donnicinola,

j'allai trouver l'Italienne et la priai de souffrir durant quelque temps les assiduités du marquis.

— « Mais j'aime Subiaco, me dit-elle.

— « Qu'importe! l'essentiel est de berner Sainte-Croix.

— « Oh! nous nous vengerons de lui, s'écria tout à coup l'Italienne; je veux lui jouer un tour des plus abominables; et d'ailleurs ce que vous avez fait pour moi mérite une grande reconnaissance : fiez-vous à moi, Bassompierre, vous serez bientôt heureux.

« Elle dressa ses batteries, et voilà mon marquis aux cieux : il était inabordable! La présomption le rendit si entreprenant qu'il demanda et obtint le bon vouloir de Donnicinola pour passer une nuit chez elle.

— « Seulement, seigneur marquis, dit l'Italienne, vous parlerez peu, et à voix très basse, car depuis votre vilaine conduite envers moi, mon oncle a exigé que je couchasse dans une chambre contiguë à la sienne, afin de pouvoir me surveiller.

— « Oh! soyez tranquille, belle divinité, répliqua l' moureux marquis..

— « Et nous serons sans lumière pour ne pas exciter de soupçons.

— « Hélas! j'y perdrai des trésors, mais puisqu'il le faut!...

« Le soir venu, notre fanfaron s'attifa, se pommada, et partit, armé en guerre, car, malgré sa force et sa méchanceté naturelle, il me redoutait depuis notre combat.

« Voilà donc M. de Sainte-Croix en bonne fortune!

« Moi, qui ai toujours eu le cœur très sensible, sachant que la belle marquise était des plus peureuses, j'allai remplacer bravement son mari, afin qu'en son absence elle ne fût pas effrayée.

« Ce bon M. de Sainte-Croix!...

LXXX

Monna Dini.

> Où donc avez-vous pris cette beauté ?
>
> MOLIÈRE.

« Donnicinola avait une suivante d'environ quarante-cinq ans; cette douce ingénue était laide comme un vieux cardinal, et non moins vertueuse; c'est-à-dire qu'elle aurait été capable

de débaucher tout un couvent de Franciscains.
Comme elle avait été fort galante pendant ses
beaux jours, ses yeux s'étaient enfoncés et
éraillés, son nez commençait à faire l'arc, puis,
la luxure aidant, elle avait poussé au noir comme
un vieux tableau.

« Néanmoins, quoique vieille, le feu d'amour
la brûlait encore en diable, et quand sa maîtresse allait se promener sur le rocher des Dons,
elle faisait les yeux les plus langoureux de la
chrétienté aux beaux suisses bariolés de la garde
du vice-légat.

« Mais chacun a sa somme de vertus à porter
en ce monde ; et, malgré les charmes et la haute
moralité de dame Monna Dini, Donnicinola
l'aimait et lui accordait une confiance extrême ;
la rivalité ne l'effrayait pas ; bien plus, Monna
lui servait de dariolette, et, à cause de ses galans
services, elle n'était pas des moins avisées.

« Ce fut donc Monna Dini que l'on chargea
de l'affaire amoureuse du farouche marquis de
Sainte-Croix.

« Il paraît que sa diplomatie fut admirable,
car notre gentilhomme se montra presque aimable, le lendemain, à un dîner que donnait
le vice-légat, ce qui ne lui était jamais arrivé.
Puis il devint d'une insolence rayonnante par
la ville, et couvrit de diamans et d'étoffes bro-
chées d'or la Donnicinola, qui acceptait toujours. Bref, notre marquis était si épris, qu'il
parut presque magnifique dans ses présens,
lui dont l'avarice était passée en proverbe.

« Cependant l'Italienne était fort joyeuse au
milieu de tout cela, elle qui naguère semblait
exécrer mon cavalier. D'un autre côté, le charmant Subiaco avait des fatuités d'homme à
bonnes fortunes, auxquelles je ne me trompais
guère ; et quand je cherchais à approfondir ces
mystérieuses intrigues, on me riait au nez d'un
air fin, en me disant qu'on avait trop de reconnaissance au fond du cœur pour ne pas adhérer
au moindre de mes désirs.

« La Monna Dini elle-même partageait l'ivresse
générale, ce qui la fit paraître à mes yeux plus

laide et plus rechignée que jamais : d'où je
conclus que Sainte-Croix était fort libéral envers son introductrice au palais de l'amour.

« Moi, j'ai toujours été si insouciant des
choses qui ne me touchaient pas directement,
que je les envoyai tous au diable avec leurs
petits airs épanouis, et je continuai mes galanteries avec ma belle précieuse.

« Un soir que je devisais avec elle, je lui demandai pourquoi son noble époux restait toute
l'année dans le comtat. Avignon est une ville
charmante sans doute; mais, après tout, les
plaisirs y sont bien restreints, lui dis-je.

— « Comme il aime beaucoup à briller, répliqua la dame, une petite ville convient à sa
nature; puis on le connaît, et la terreur qu'il
inspire le flatte singulièrement; mais moi, j'ai
Avignon en horreur : on n'y parle que de théo-
logie ou d'intrigues de ruelle; les femmes ne
s'occupent que de leur toilette ou du pharaon,
ce qui est insupportable, tandis qu'ailleurs elles
écrivent, elles rivalisent avec les poètes, elles

marchent à la tête de l'humanité. Voyez cette célèbre vicomtesse d'Auchy. (1)

— « Et pourquoi rester céans ? répliquai-je ; venez habiter Paris, tous vos désirs seront comblés ; vous aurez à satiété des fêtes, de la gloire et de l'amour. Paris surtout est l'asile de la galanterie : là, le mari le plus soupçonneux et le plus féroce passe, tête baissée, sous le joug. Oh ! que n'y venez-vous, chère Renée ; jamais je ne vous quitterais !

— « Hélas ! Bassompierre, vous savez bien que je suis condamnée à un lourd esclavage ; je ne peux pas même aller seule jusqu'à Nîmes ou à Arles. Mon père et ma mère sont morts ; je n'ai pas de frère pour me protéger, et mon mari profite de mon isolement sur cette terre pour me courber sous sa tyrannie.

— « Cependant il y a des moyens....

— « Si vous saviez, mon ami, comme il me

(1) C'était une *précieuse* assez ridicule qui fonda une académie. Quelques-uns de ses contemporains disent qu'elle fut la maîtresse du vieux Malherbe.

fait souffrir ! reprit-elle avec amertume ; quelquefois il accourt chez moi tout furieux ; et,
m'arrachant brutalement ma viole, il la brise ;
tantôt, s'emparant de la clef de ma bibliothèque,
il la garde des semaines entières. Un jour, il
m'a frappée ; j'ai porté l'empreinte de ses doigts
de fer, j'ai souffert de ses meurtrissures. — Oh !
c'est mon bourreau et non mon époux.

— « Mais il ne vous aime pas, Renée ! Pourquoi endurer de pareilles tortures ?

— « Que voulez-vous ? Je n'ai pas de famille, et sa farouche humeur fait que je n'ai
jamais eu d'amis ; songez, mon bien cher, que
je suis prisonnière, que nul cavalier, avant
vous, n'avait pénétré dans cette chambre, et
qu'il faut pour l'oser toute votre tendresse et
votre témérité.

— « Vous êtes si belle et si aimante, Renée,
que je serais venu ici sous les yeux même du
marquis ; mais maintenant, je vous protégerai.

— « Oh ! je n'ose songer à l'avenir ! Cette
vie monotone du comtat vous aura bientôt

lassé, vous, Bassompierre, habitué que vous êtes au tumulte et aux gens de la cour ; il vous faut des fêtes, de la liberté, mon beau gentil-homme, et non cette existence calme et pleine de contrainte et de terreurs.

— « Je ne crains que pour vous, Renée, car mon épée me met à l'abri des méchans.

— « Mais moi, qui n'ai que ma faiblesse et mes larmes à opposer à la violence, quand je vous aurai perdu, j'entrerai aussitôt en reli-gion...

— « Quelle folie, ma chère !

— « Que ferais-je sans protecteur et déses-pérée ?

— « Ne me quittez pas et venez avec moi à Paris.

— « A Paris ! dit-elle.

« En ce moment la rude voix de Santa-Croce se fit entendre dans la cour de l'hôtel : monsieur rentrait furieux, ayant été renvoyé plus tôt que de coutume ; et, bon gré, mal gré, il me fallut sauter dans le jardin d'une hauteur de douze pieds, ce qui ne me réjouit pas prodigieusement.

« Un domestique vint à mon aide fort heureusement; j'en fus quitte pour une foulure légère et quelques écus, puis je rentrai, fort content de moi, à mon logis. — Si j'avais donné beaucoup de bonheur, ma jolie précieuse s'était piquée de générosité, de sorte que, à part quelques minces obstacles, comme le mari et les méchancetés du monde à étouffer, nous étions les plus heureux mortels du monde.

« J'allai, ce jour même, de fort bonne heure, chez la Donnicinola, que je trouvai déjeunant avec Subiaco; ils étaient tous deux malins comme des clercs et joyeux comme des tourtereaux, ce qui me sembla d'une bizarrerie incroyable.

— « Vous avez la figure longue d'une aune, cher Bassompierre ! me dit le duc.

— « Monseigneur n'est pas en veine d'esprit aujourd'hui, ajouta la malicieuse Italienne.....

Le fait est, mon cavalier, que vous n'avez pas l'air spirituel.

— « Nous avons pourtant joué un fameux tour cette nuit à notre ami Sancta-Croce ! reprit Subiaco. Oh ! dit-il en éclatant de rire, c'est un un tour abominable !...... comme cela vous amusera !

« J'étais de plus en plus étonné de voir Subiaco prendre d'un aussi bon air l'intrigue de Sainte-Croix et de Donnicinola.

— « Duc, dit la dame, vous lui raconterez ce tour une autre fois ; car la petite marquise gâte M. de Bassompierre.

— « Ma foi, m'écriai-je, il m'est impossible de rire à propos de vos demi-mots mystérieux.

— « C'est vrai, reprit le duc. Au fait, voilà ce qui est arrivé : Mon Sancta-Croce se rendit ici, hier soir, assez tard ; Monna Dini l'introduisit dans une chambre, où il grelotta, sans lit, sans lumière et sans feu, jusqu'à trois heures du matin. Ennuyé d'attendre, il sortit, et s'égara dans les corridors. Les domestiques avaient le mot, ils descendirent, poursuivant notre homme à coups de bâtons, et criant : Au voleur ! Le malheureux ayant gagné le péristyle, se jeta dans la rue ; et, comme il franchissait le seuil, je le noyai sous un seau d'eau, en criant : — Il en tient M. de Bassompierre !

— « Mais c'est indigne, monsieur le duc ! m'écriai-je ; vous m'avez compromis ! ·

— « Tant mieux ! vous vous sauverez en lui enlevant sa femme !

— « Vous concevez qu'il est ridicule de se battre à tout instant avec un imbécile comme Sainte-Croix !

— « Il n'osera pas recommencer, cher comte !

— « Mais, en vérité, je ne comprends rien à toute cette comédie, répliquai-je ; Sainte-Croix passe ici les nuits, Donnicinola plie sous le faix de ses présens ; il la pare comme une châsse ; et vous, qui êtes jaloux en diable, vous semblez d'une charmante humeur !

— « Le bonheur est fait pour tout le monde, dit l'Italienne avec un malicieux sourire.

— « Bah ! racontons-lui tout, reprit Subiaco.

— « Non, plus tard, plus tard !

— « Mais Sainte-Croix doit être dans une colère furieuse; il ne reviendra plus céans, et adieu mes amours ! Vraiment, vous êtes indignés pour moi !

— « Rassurez-vous, répliqua la Donnicinola; avant trois nuits il sera aux pieds de son amoureuse.

— « Je n'en crois rien.

— « Attendez, et je vais lui écrire.

« Elle écrivit en effet ces quelques mots:

« Cher marquis,

« J'ai été désespérée de vous laisser grelotter
« quatre heures dans la galerie; mais mon on-

« cle étant malade, j'ai dû rester à son chevet.
« Pourquoi donc avez-vous fait du bruit? Les
« laquais vous ayant pris pour un voleur, ont
« raconté ce matin au bon évêque la plus sotte
« des histoires.

    « Ne me gardez pas rancune, et venez après-
« demain dimanche à minuit : vous retrouverez
« bien heureuse la dame qui tant vous aime. »

    — « Vite, Monna, vite, ma bonne, et cours
chez Sancta-Croce. Tu lui remettras ce billet;
il faut qu'il vienne, je le veux !

    « Les yeux de la duègne s'enflammèrent, et
elle partit comme un trait.

    — « Te voilà, ribaude ! s'écria le marquis fu-
rieux en la voyant entrer; dis à ta maîtresse
qu'elle est une infâme.

    — « Oh ! monseigneur, si vous saviez...

    — « Je ne veux rien savoir, répliqua Sainte-
Croix; va-t'en, horrible Monna; ton visage me
donne la fièvre.

    — « Mais au moins lisez, monseigneur.

« Elle le décida enfin à lire le billet, et sa colère changeant aussitôt en gentillesse, il grommela entre ses dents quelques paroles, atteignit un écu pour Monna Dini, et lui remit un joli brillant pour sa maîtresse.

— « Que vous disais-je, Bassompierre ! s'écria la courtisane ; voyez le charmant anneau !

— « Ainsi donc, à la nuit de dimanche.

— « Oui, et que l'amour vous protège, mon beau sire ; quant à nous, Dieu nous garde !

— « Alors dimanche, décidément, pour punir Sainte-Croix, je lui enlève sa femme.

— « Oh ! le bon tour à lui jouer, s'écria Subiaco.

— « Comment ferez-vous, seigneur comte ?

— « C'est mon secret, chère Donniçinola ; puisque vous vous cachez de moi, je peux bien vous rendre la pareille.

« Et là-dessus, je m'en allai préparer mes batteries. Sainte-Croix n'étant pas venu me provoquer, je conclus qu'il pourrait bien em-

ployer le stylet d'un *brave*, et je me tins fièrement sur mes gardes.

« La précaution ne fut pas inutile, car...»

En ce moment on frappa fortement à la
porte de la chambre du maréchal, et le gouverneur de la Bastille entra. Sa mine semblait toute
singulière; il était accompagné de plusieurs officiers en grand deuil qui se composaient avec
peine une physionomie triste, en harmonie
avec leur costume. Les prisonniers se regardèrent étonnés, ne sachant ce que signifiait
cette visite importune qui venait interrompre
le récit à son plus beau moment.

Enfin l'honnête gouverneur dit d'une voix
de circonstance :

— Messieurs les gentilshommes, son excellence monseigneur le cardinal de Richelieu...

— Achevez , achevez ! s'écria l'abbé.

— Monseigneur de Richelieu est mort !

— Dieu soit loué, encensé et glorifié ! s'écria
Bassompierre en se levant; enfin , le bourreau !

— Et vous êtes libre, monsieur le maréchal,
ajouta le gouverneur.

— Ah! je savais bien que mon excellent roi
ne m'oublierait pas, repartit le maréchal en
pleurant... Il est libre aussi ce bon monarque...
Vive la liberté!

— Et nous? s'écrièrent les autres prisonniers.

— L'ordre concerne seulement M. de Bassompierre, répliqua le gouverneur. Ainsi, monsieur
le comte, venez; vos neveux vous attendent.

— Comment, vous allez nous quitter, maréchal, et avant la fin de l'histoire de ma cousine, dit le chevalier de Jars d'un ton de reproche; oh! restez avec nous jusqu'à demain.

Tous les prisonniers joignirent leurs instances
à celles de l'aimable étourdi, et Bassompierre,
qui les affectionnait sincèrement, consentit,
bien que cela lui coutât, à rester jusqu'au lendemain.

Il les réunit tous à déjeuner, puis il poursuivit sa galanterie en ces termes :

LXXXI

Triple Intrigue.

> Ne fais pas à autrui ce que tu ne voudrais
> pas qu'il te fît.
>
> *Evangile.*

« Le marquis de Sainte-Croix avait à sa disposition deux espèces de *bravi* d'une humeur diabolique. Ces honnêtes gens avaient été renvoyés des galères papales à cause de leurs mœurs, car ils trouvaient moyen d'augmenter encore les mauvais penchans des scélérats qui peuplaient le bagne de sa sainteté.

« Ces *bravi* étant à la solde du marquis, il me les décocha bravement.

« Le fameux dimanche vint enfin, ce dimanche destiné à voir tant de choses mirobolantes; monseigneur le légat donna une fête, à laquelle assista toute la noblesse d'Avignon; et, malgré l'orthodoxie de l'hôte du palais des Dons, la conversation roula fort sur le cocuage et les autres infirmités de l'humanité.

« Notre farouche marquis fut superbe d'insolence à l'endroit des endiablés, ce qui fit singulièrement rire à ses dépens et le déferra. Pendant qu'il faisait de l'esprit comme un gendarme, j'adressai un mystérieux signe à la jolie marquise, et je m'esquivai avec Subiaco.

« Nous avions l'un et l'autre une foule de choses à faire, et nous nous quittâmes au sortir du palais papal.

« Une heure après, j'étais dans la chambre

à coucher de Renée, l'attendant avec impatience; elle revint enfin, et son illustre époux courut bien vite chez la Donnicinola.

« A l'instant où Sainte-Croix sonnait à la porte de l'Italienne, un homme, glissant avec la précaution et la légèreté d'une ombre, s'arrêta au seuil et vint se heurter au marquis; le laquais ouvrit alors; et, aux lueurs de la lampe qui brûlait à l'intérieur, il reconnut Subiaco.

« Voilà mes champions l'épée à la main; Sainte-Croix était furieux; il avait enfin un rival à immoler, et il l'eût tué certainement si la Donnicinola ne fût accourue toute tremblante :

— « Voulez-vous donc me compromettre, marquis? laissez là ce godelureau, et suivez-moi.

« Elle l'entraîna, puis notre marquis se trouva bientôt dans cette chambre somptueuse et parfumée, témoin de ses nuits si voluptueuses....

« Un peu avant l'aube du jour, une clef tourna légèrement dans la serrure, on entendit un ricanement comprimé à grand'peine, et la Donnicinola dit à Subiaco de sa voix mordante :

— « Le vice-légat rira bien tantôt en songeant aux forfanteries que Sancta-Croce débitait hier chez lui !..... Ah ! si le misérable m'a privée long-temps de bonheur, il le paiera terriblement ! Maintenant, partons, mon chéri.

« Ils s'éloignèrent tous deux avec précaution, gagnèrent le rempart, et, se jetant dans une grande barque qui les attendait, ils disparurent bientôt, emportés par les flots rapides du Rhône mugissant.

« Le crépuscule vint ; déjà les cris et le bruit de la rue commençaient à monter jusque vers l'hôtel du prélat ; et, bien que la chambre dans laquelle Sainte-Croix reposait après ses plaisirs fût assombrie par d'épaisses tentures en velours violet, il commençait à s'apercevoir que le jour arrivait insensiblement, et il s'inquiétait de ne pas voir entrer le domestique qui l'avertissait d'ordinaire.

— « Votre laquais s'est endormi ce matin, chère Donnicinola ! dit-il à voix basse.

— « Taisez-vous, répliqua la dame d'une voix
à peine distincte.

— « Mais il me semble que le jour est grand
déjà ?

— « Vous vous trompez, c'est le clair de
lune ; dormez.

« Une heure environ s'écoula. — La dame,
voyant le marquis immobile, se leva avec précaution, et, se dirigeant vers la porte, elle
essaya de sortir ; mais tout fut inutile.

« La porte était fermée en dehors.

« Pendant ce temps, les laquais du prélat
couraient dans les corridors, faisant un vacarme
d'enfer. En un clin d'œil, Sainte-Croix fut debout, l'épée au côté.

— « Que faire ! que devenir ! s'écriait la
pauvre femme en cachant sa tête dans ses mains.
Que dira monseigneur ? Je suis perdue !

— « C'est quelque tour de ce misérable Subiaco ou de ce comte de Bassompierre, dont
mes braves puissent avoir la vie !

— « Hélas ! que je suis malheureuse !

— « Par le corbieu ! appelez votre vieille fée
de Monna Dini, dit le marquis avec humeur,
je ne peux rester ici davantage. Voyons, où est
la sonnette ? car on ne distingue rien dans cette
chambre.

— « Cachez-vous, je vais sonner, répliqua
la dame.

« Un laquais ne tarda guère à venir ; et,
comme la clef n'était pas dans la serrure, il
demanda qui sonnait ainsi.

— « Ouvrez, ouvrez vite.

— « Qui donc êtes-vous ? reprit le laquais ;
madame Donnicinola est partie depuis deux
heures pour Rome.

« A ces mots singuliers, le marquis accourut
vers la porte ; et, s'adressant à la dame d'une
voix courroucée :

— « Qui donc êtes-vous ? lui dit-il.

— « Ah ! pardonnez-moi, monseigneur !...

« Sainte-Croix, prévoyant alors une atroce
supercherie, entraîna cette femme vers la fe-

nêtre ; et, soulevant la courtine de velours, il reconnut

la Monna Dini !!!

« Oui, cette horrible vieille, cette courtisane à soldat, cette frippesauce, cette bohémienne avait été par lui enivrée de caresses ! Il l'avait adorée dans l'ombre ! pour elle il avait méprisé sa jolie précieuse, un bijou délicieux ; c'était un tour abominable de la Donnicinola qui s'était ainsi vengée des tortures que le marquis lui avait fait subir.

« Et la Messaline vulgaire s'était prêtée à cela de la meilleure grâce du monde.

« Jugez quelle dut être la fureur de Sainte-Croix ; il voulait tuer la malheureuse ; ce fut une scène d'enfer : la confusion, la honte et la rage se partageaient son cœur ; il jurait à se damner dix fois, s'il ne l'eût été d'avance. Le bon prélat vint, on enfonça la porte ; et le marquis, baffoué, berné, ridiculisé jusqu'à l'éternité, arriva chez lui à demi enragé.

« Comme quelqu'un devait toujours supporter ses colères, il accourt chez sa femme, l'épée au poing ; le plus grand désordre régnait dans la chambre ; il appelle, il crie, sacre, tempête ; — rien, — pas de femme ! Il se dirige vers son coffre-fort et le trouve brisé... Essayez à vous représenter cet homme violent, à qui tout manque à la fois ; enfin, pour combler la mesure, il trouve sur ·une table un gant d'homme, et ce gant portait mon nom, comme si ce fût un défi.

« La belle marquise, me voyant décidé à quitter Avignon, à cause de l'ennui qui m'y rongeait et des braves à stylets, n'avait imaginé rien de mieux que de me suivre à Paris, et, en partant, elle avait voulu prendre les magnifiques diamans qui lui appartenaient, ainsi qu'une partie de sa dot en or monnoyé.

« Puis nous montâmes en poste, et, saluant les beaux remparts gothiques de la cité papale, nous prîmes gaiement le grand chemin de Paris.

« Cela fit une prodigieuse esclandre ; le fa—

rouche marquis n'osa plus sortir en plein jour :
les maris qu'il avait raillés si souvent le lui
rendirent au centuple ; d'odieux et de cruel
qu'il était, il devint ultra-ridicule, et s'étant
adonné à la boisson, il se montra si prodigieux
consommateur, qu'un beau matin on le trouva
raide sur les dalles de sa chambre, ce qui fut
un grand bonheur pour la marquise.

« Notre galanterie dura bien long-temps, —
six mois, je crois. — Ma rupture la rendit in-
consolable — environ quinze jours ; puis, après
une vie pleine d'amour, elle s'arracha au tour-
billon dévorant et se retira vers la Place-Royale,
dans un vaste hôtel, où elle donnait les plus
charmans soupers du monde. »

— Oh ! merci, merci, s'écrièrent les prisonniers.

— Maintenant, dit Jars, qu'allons-nous devenir ? Adieu nos bonnes et joyeuses histoires !

— Vous songerez encore à nous, n'est-ce
pas ? ajouta le marquis de Leuville.

— Et vous daignerez quelquefois venir visiter vos vieux amis, reprit l'abbé d'un ton tout aimable.

— Oui, mes chers compagnons, et j'espère que ma première visite sera pour vous annoncer votre délivrance, car, de ce pas, je cours implorer pour vous tous la clémence du roi.

Ils s'embrassèrent, et l'illustre maréchal sortit tout joyeux de cette odieuse Bastille dans laquelle il était depuis douze ans !

FIN DU QUATRIÈME ET DERNIER VOLUME.

Une erreur chronologique s'est glissée dans notre tome II, page 353, au lieu de : *Journal de Pierre de l'Estoile, juin* 1680, lisez : 1610.

Tome III, page 246, ligne 1, au lieu de : *la brume tombait,* lisez : *la nuit tombait.*

TOME IV.

Page 69, ligne 9, au lieu de : *Florence reposa,* lisez : *Florence se reposa.*

Pages 21, 109 et 113, au lieu de : *Saint-Clair,* lisez : *marquise de Sainte-Croix.*

Page 59, ligne 5, au lieu de : *mille grazie,* lisez : *mille grazzie.*

TABLE DES MATIÈRES.

———

FIN DE LA TABLE DES MATIÈRES.

SOUVENIRS D'UN AVEUGLE,

VOYAGE AUTOUR DU MONDE,

PAR M. J. ARAGO.

---

2 volumes brochés sont en vente. Prix, 16 fr.

L'ouvrage sera entièrement publié avant la fin de juin.

Conditions de la Souscription.

Les **SOUVENIRS D'UN AVEUGLE, VOYAGE AUTOUR DU MONDE,** par M. J. ARAGO, formeront quatre beaux volumes in-8°, grand-raisin, imprimés par ÉVERAT.

Chaque volume sera divisé en seize livraisons à 50 cent. — L'ouvrage complet coûtera 32 francs.

Les quinze premières livraisons de chaque volume seront accompagnées de quinze dessins lithographiés par les meilleurs artistes de la capitale, d'après les propres croquis de M. ARAGO, représentant les scènes capitales et les principaux personnages de l'ouvrage.

La seizième livraison de chaque volume se compose de notes scientifiques de M. F. ARAGO, de l'Institut. Ces notes formeront à la fin de chaque volume environ deux ou trois feuilles d'impression.

Il paraît 8 livraisons tous les mois : deux tous les samedis, à partir du 8 décembre **1838.**

Les demandes de souscription doivent être adressées *franco* aux Éditeurs, et être accompagnées d'un mandat de 32 francs sur la poste ou sur une maison de commerce de Paris. On tire à vue sur les personnes qui en font la demande, moyennant une augmentation de 1 fr. 50 c., pour frais de banque.

Les trois mille premiers souscripteurs reçoivent *franco* dans toute la France les livraisons dès leur publication. En sus, il leur sera envoyé GRATIS, avec la seizième livraison du premier volume, le portrait de l'auteur, et celui de M. F. ARAGO, de l'Institut, avec la dernière livraison du troisième volume.